KB141712

타로카드
트릭트릿

TAROT CARD
TRICK OR TREAT

칼리 지음

당그래

칼리 지음

초판 1쇄 발행 / 2012년 9월 20일

펴낸이 | 이 춘 호
펴낸곳 | 당그래

출판등록일(번호) | 1989년 7월 7일(제301-2005-219호)
주소 | 100_250 서울 중구 예장동 1-72 1층
주소 | 100_250 서울 중구 퇴계로32길 34-5 1층(도로명)
대표전화 | (02)2272-6603
팩스번호 | (02)2272-6604
홈페이지 | www.dangre.co.kr
이메일 | dangre@dangre.co.kr
ISBN | 978-89-6046-030-0*33810

값 25,000원 (22장의 트릭트릿 타로카드를 포함한 가격)

당그래

어디엔가 존재할 지도 모르는 할로윈 타운.
트릭트릿은 1년 365일 매일매일이 할로윈데이인 할로윈 마을을 배경으로 합니다.

할로윈데이는 깜짝 놀랄 일들이 생겨나는 날입니다. 무서운 일들도 일어납니다. 신기하고도 이상한 일들이 매일 매일 벌어지는 할로윈 마을에서 우리는 잊고 있던 선택의 순간과 마주하게 될 것입니다.

장난기 있고 유머가 가득한 타로카드 트릭트릿이 들려주는 숨겨진 뒷면의 이야기가 지금 시작됩니다.

About Trick or Treat

10월 31일 밤, 할로윈은 죽은 해가 지나가고 새 해가 시작되는 것을 기념하는 날입니다. 이날, 산 자와 죽은 자가 함께하는 축제가 할로윈데이입니다.

죽은 자가 돌아온다니 듣기만 해도 으스스합니다. 조심해야 하는 날입니다. 귀신이 우리들 사이에 돌아다니는 날이니까요. 무섭다면 집에 숨어 있어야 합니다. 귓가에 '아직도 내가 친구로 보이니?'하는 귀신의 목소리가 들릴지도 모릅니다.

이 날은 죽은 자들을 위해 살아있는 사람들이 죽은 자로 분장합니다. 귀신이나 괴물 같이 상상 속에 존재하지만 현실 속에는 없는 모든 존재들로 분장할 수 있습니다. 이날만큼은 무엇이든 될 수 있습니다. 머리에 칼을 꽂고 피를 흘리고 다녀도 아무도 경찰을 부르지 않습니다. 할로윈은 그런 날입니다.

어린아이들이 보란 듯이 'Trick or Treat'을 외치며 대문 앞에서 졸라대도 웃으며 한걸음에 달려 나가 달콤한 사탕과 초콜릿을 주어야 하는 날입니다. 이 날은 장난을 치고 싶은 만큼 칠 수 있는 날이니까요.

만성절 전날 밤, 나타날 수 있는 모든 것들이 나타나 도시를 흔들고 사라지면 추억 속에 사라진 사람들의 차례입니다. 날이 밝기 전에 그리운 사람에게 찾아가 그리워 해줘서 고맙다고 속삭이고 돌아갑니다. 그들의 가는 길을 밝히기 위해 멋진 호박등도 반짝입니다.

죽은 자들이 돌아와 함께하는 날.
그 신비한 날 속으로 지금 함께 갑니다.

타로카드 트릭트릿은?

타로카드 트릭트릿의 해설서는 이미지리딩 Imagereading을 원하는 타로리더들을 위해 단계별로 연습할 수 있도록 구성된 책입니다. 이미지를 한 번 접하고 상징으로 분류하고, 키워드를 만들고 마지막으로 해석하는 단계를 해 보고 나면 어느새 타로카드의 그림을 이해하고 있는 자신을 발견하게 될 것입니다.

Table of Contents

타로카드의 그림을 읽을 수 있다는 것은 참으로 멋진 일입니다. 그림의 숨은 의도를 파악하거나 그림의 감정을 읽을 수 있다면 더 많은 이야기를 들려줄 수 있으니까요.

Image of Trick or Treat에서는 감정, 상황, 선택의 세 가지 시각으로 이미지를 읽어 보았습니다.

IMAGE OF TRICK OR TREAT

Fool이 가진 감정은 **호기심** 입니다. 모든 것이 신기하고 즐거운 아이들은 호기심에 들떠 있습니다. 호기심은 오래가지 않아 바뀌는 감정입니다. 상황에 싫증이 나버리면 달라집니다. Fool의 감정은 계속해서 변하는 것입니다.

상황은 좋아 보이지 않습니다. 카드는 가까운 곳은 밝지만 먼 곳은 어둡게 그려져 있습니다. 지금은 주변이 밝아도 머지않아 밤이 다가오면 캄캄해진다는 뜻입니다. 아이들이 놓인 상황은 그래서 **어두운** 전망입니다. 현재가 즐거우니 앞으로도 행복할 것이라고 믿기 때문에 금세 다가올 어두운 밤을 생각하지 않고 있습니다. 밤이 되면 따뜻한 안식처와 잠자리가 필요합니다. 언제까지 놀 수는 없습니다. 준비하지 않으면 누구나 힘든 상황이 놓이게 됩니다.

한눈을 팔고 있는 아이들의 모습과 그 앞에 멀리 펼쳐진 어둠, 그들을 유혹하는 피리소리의 모든 것이 판단을 방해하는 것들입니다. 그러나 정신없이 음악소리를 따라가는 아이들처럼 질문자는 마음속의 결정을 내린 상태일지도 모르겠습니다. 그러나 고민 없이 내린 결론일지도 모릅니다. 그래서 당장 결정하지 말고 **잠시 선택을 보류해야한다** 는 뜻입니다.

Magician은 퀭한 볼과 피곤해서 축 처진 눈으로 손님을 보고 있습니다. 아무것도 하고 싶지 않다는 듯 탁자 아래로 늘어뜨린 손은 그가 얼마나 지쳐있는지를 말해 줍니다. 그는 **모든 것이 귀찮은 마음** 입니다. 그는 방해받고 싶지 않아 표정으로 말하고 있지만 마주 하고 있는 누군가는 그가 빨리 혼자 있고 싶어 한다는 것을 알아차리지 못하고 있습니다.

참으로 딱한 상황입니다. 그가 아무것도 하고 싶지 않은 오늘이, 그가 가장 바쁜 할로윈데이입니다. 그는 할로윈 의상 대여소의 주인입니다. **그를 많은 사람들이 찾는 상황** 입니다. 하루 종일 그를 찾고 있습니다. 그는 잠시 쉴 틈도 없습니다. 점쟁이를 위한 수정구슬과 마녀를 위한 몰약, 연인을 위한 드레스와 마법사를 위한 지팡이Wands까지 그가 없으면 사람들은 할로윈을 즐길 수 없습니다. 그는 오늘 하루가 빨리 지나기만을 고대하고 있습니다.

하고 싶지는 않지만 할로윈이니 그도 의상을 찾아 입고 축제에 참가해야 합니다. 너무 늦기 전에 어떤 의상을 입을 것인지 결정해야 합니다. 많은 것을 가지고 있으니 **쉽지 않은 선택** 입니다. 어떤 것이 제일 좋은지, 제일 쉬운지, 제일 하고 싶은지 알 수 없기 때문입니다. 1등을 찾는 것은 항상 어렵습니다. 선택이 어려울 때는 지금 이대로 나가는 것도 괜찮습니다. 마법사는 이미 할로윈에 잘 어울리는 의상을 입고 있으니까요. 하는 것이 안하는 것보다 낫다는 뜻입니다.

High Priestess는 답을 찾아 주려고 노력하고 있습니다. 그녀의 마음속은 **어서 답을 찾고 싶다는 생각**으로 가득 차 있습니다. 그녀의 직업은 다른 사람의 질문에 대답하는 사람인 점술사입니다. 그녀에게는 생각은 필요하지 않습니다. 답을 찾아주려면 작은 선입견도 있어서는 용납되지 않기 때문입니다.

그녀의 상황이 아닙니다. 모두 타인의 상황입니다. 그녀에게는 아무것도 없습니다. 그래서 **선택권이 나에게 없는 상황**입니다. 다른 사람의 일을 생각하는 중이고 결정도 다른 사람이 합니다. 지금 고민하고 있는 것은 나의 일이 아니라 타인의 일입니다. 희망대로 되거나 생각대로 되지 않습니다. 그저 기다려야 하는 답답하고 안타까운 상황입니다.

선택은 간단합니다. **Yes 혹은 No** 둘 중에 하나로 결정할 수 있습니다. 여사제는 대답을 구하기 위해 수정구슬, 타로카드Tarot card와 향과 추를 가지고 있지만 그녀가 답을 찾기 위해 선택해 손에 들고 있는 것은 펜듀럼Pendulum입니다. 펜듀럼, 혹은 추는 두 가지 대답만 할 수 있습니다. 그렇다Yes와 아니다No입니다. 선택은 쉬워졌습니다. 50%의 확률입니다. 둘 중 하나입니다. 여사제는 집중하기 위해 눈을 위로 치켜뜨고 있습니다. 조금 있으면 펜듀럼은 움직일 것입니다. 대답도 조금 있으면 알 수 있습니다. 대답은 Yes일 가능성이 높습니다.

Empress는 부족한 것 하나 없는 여왕님입니다. 그녀는 화려한 꽃다발을 들고 평화롭게 미소 짓고 있습니다. 그녀의 마음속에 있는 **행복한** 기운이 묘지에도 꽃을 피우고 있습니다. 그녀는 모든 것을 가지고 있습니다. 무덤은 푸른 잔디로 덮여있고 무덤을 장식할 꽃도 충분합니다. 아름다운 그녀는 현재를 즐기는 중입니다.

그러나 현실 속에서 그녀는 **홀로 있는** 상황입니다. 그녀는 아름답지만 곁에는 아무도 없으며, 행복하지만 행복을 나누어줄 친구가 없습니다. 그녀는 베일을 쓰고 검은 옷을 입고 있습니다. 그녀의 예쁜 분홍신을 봐줄 사람도 그녀의 아름다움을 칭찬해줄 사람도 없이 혼자입니다. 검은 옷은 그녀의 소중한 사람, 또는 가족이 다시 돌아올 수 없는 곳으로 떠났음을 상징합니다. 그녀의 미소는 무덤을 보고 있지 않습니다. 그녀는 그녀가 처한 상황을 외면하고 부정합니다. 그녀는 현실 대신 환상 속에 있습니다.

검은 옷을 벗고 바깥으로 나간다면 그녀는 지금가진 것을 내려놓는 대신 다른 것 찾을 수 있습니다. 그녀의 소유물은 무덤에만 존재하는 것이 아닙니다. 그녀는 바깥세상에서 자신이 가진 것들을 모두 팽개쳐 둔 상태입니다. **더 큰 것을 위해 작은 것을 포기 하는 것** 을 선택하면 됩니다. 지금 아깝다고 붙들고 있는 것은 작은 것에 불과합니다. 저 산 너머 먼동이 떠오르고 있습니다. 지금보다 더 밝은 미래가 찾아올 것이기 때문입니다.

Emperor는 많은 것을 가지고 있습니다. 그의 말 자체가 규칙이며 법입니다. 그는 시계를 보며 사람들에게 명령을 내리고 있습니다. 그가 가진 해골의 깃발은 정지의, 진군의 신호입니다. 그런데 그의 표정이 불편해 보입니다. 그는 마음속으로 **눈치를 보는 중** 입니다. 그가 감당해야 할 것은 많고 그는 흔들리고 있습니다. 다른 사람들의 눈치를 보며 행동을 수정하고 있습니다. 실수하지 않으려면 이제 그는 사람들에게 최소한의 규칙만을 요구해야 합니다.

그가 입은 줄무늬 바지와 모닝코트, 한 올도 빠짐없이 잘 다듬어진 머리스타일, 그를 표현하는 모든 것이 정확하고 규칙적입니다. 그는 **예외란 없는 상황** 에 놓여있습니다. 규칙에 예외란 없습니다. 그도 어겨서는 안 됩니다. 그는 타인의 잘못에 너그러운 사람이 되려고 하지만 규칙을 어긴 사람들은 그에게 들키고 맙니다. 그는 존재 자체가 원칙이고 법이기 때문입니다.

그는 항상 **선택하는 사람** 입니다. 시작도 끝도 규칙도 그가 결정합니다. 그는 구름이 떠 있는 높은 곳에 있고 사람들은 까마득한 아래에서 그를 올려다봅니다. 그는 대부분 바른 것을 선택하지만 사람들은 그의 노력에 감사하지 않습니다. 인정받지 못해도 그는 계속해야 합니다. 선택의 권리를 가진 대신 책임과 의무를 다해야 하기 때문입니다.

Hierophant는 완전한 예복을 갖춰 입고 제단 위에 서 있습니다. 그는 신의 자녀들에 대한 **안타까운 마음** 을 담고 기도하는 사람입니다. 그는 산타클로스의 기원인 미라의 성 니콜라스(270~341년)입니다. 벗겨진 이마 위에 미트라Mitra를 깊게 눌러쓰고 있습니다. 이 모자는 특별한 날을 위한 것입니다. 그는 검지와 중지를 들어 주교로서 모든 사람을 축복합니다. 이를 지켜보고 있는 열명의 신자들은 온 세상을 뜻합니다.

그가 어깨에 걸치고 있는 보랏빛 오모포리온Omophorion은 그가 **이곳을 벗어날 수 없다** 는 사실을 보여줍니다. 그가 걸치고 있는 모든 것들은 계약의 상징입니다. 그는 신과 서약한 주교입니다. 그는 자신의 맹세를 지키기 위해 항상 노력해야 합니다. 그는 현재의 상황에서 벗어날 수 없습니다.

모든 선택이 끝나버렸기 때문에 **결정이 완료된** 상황입니다. 그가 쥐고 있는 주교장Bishop Staff은 구부러진 뱀과 뱀을 낚아챈 새의 형상을 하고 있습니다. 이것은 최후의 승리를 상징합니다. 그의 주변의 모든 것은 양쪽으로 나누어 균형을 이루고 있습니다. 타고 있는 촛불의 개수와 신도의 숫자는 서로 일치합니다. 그의 앞길에 놓인 붉은 양탄자는 그가 서약할 때 엎드렸던 성전의 것과 같습니다. 그는 번복하지 않을 것이며 포기하지 않고 나아가 결국 이기게 될 것입니다. 그의 손가락이 축복과 함께 승리를 상징하기 때문입니다.

Lovers는 **서로를 향한 애달픈 마음** 으로 가득 차 있는 상태입니다. 그들의 간절한 소망은 서로를 안고 사랑을 나누는 것입니다. 누구도 부정할 수 없는 충만한 감정입니다. 이들은 사랑에 빠져있습니다. 순백의 드레스와 정장은 그들이 할 수 있는 최선을 상징합니다. 운명이 그들의 편이라면 사랑은 이루어질 것입니다.

연인의 사랑이 이루어지고 둘이 손을 잡고 함께 걷게 되면 상황은 바뀌어 버립니다. 그들은 현실을 자각하게 될 것이고 서로에 대한 **마음은 달라질 수도 있습니다.** 꽃잎은 시들어 떨어지고 외길은 위태롭게 무너지고 있습니다. 비둘기는 둥지를 버리고 다른 곳으로 떠나갑니다. 그들을 외면하고 떠나는 것은 이제 운명이 다하고 언덕이 무너질 것이기 때문입니다. 두 사람이 함께 한다는 것은 서로의 삶을 완전히 바꾸는 것입니다. 급격한 변화가 일어납니다.

현실을 선택할 것인가요? 아니면 사랑을 선택할 것인가요? 선택의 순간에 놓일 때 마다 스스로에게 같은 질문이 반복됩니다. 연습을 하고 현실을 선택하겠노라 미리 결심해 두어도 마지막 순간에는 **좋아하는 것** 을 선택하게 됩니다. 사랑은 눈을 가리고 꿈을 꾸게 합니다. 어두운 것은 사랑의 빛에 가리고 아름다운 미래를 상상하게 합니다. 비둘기가 떠난 둥지의 나무는 나뭇잎이 떨어져 시들어 갑니다. 달은 노란 빛을 잃고 보랏빛으로 이지러집니다. 시련의 순간이 옵니다. 그래도 괜찮겠지요. **사랑이 당신 곁에 함께 할 테니까요.**

Chariot는 빨리 도착해 사람들에게 **인정받고 칭찬받고 싶은 마음** 으로 신이 나서 달려가는 중입니다. 얼굴에는 미소가 가득하고 날씨도 쾌청합니다. 수레에 가득 실고 가는 것은 그를 위한 것이 아닙니다. 다른 사람들을 위한 것입니다. 그는 인정받고 칭찬받는 것을 좋아합니다. 그래서 다른 사람들은 하지 않는 힘든 일을 자청해 무겁고 힘든 수레를 끌고 가고 있는 것입니다.

그의 앞에 **아직 넘어야할 큰 산** 이 놓여있는 상황입니다. 길은 수레가 간신히 지나갈 수 있을 정도로 비좁고 길에는 돌부리들도 있습니다. 목적지까지는 아직도 한참이나 남았습니다. 그는 마음이 급해 기울어진 수레에서 굴러 떨어지는 호박들을 눈치 채지 못하고 있습니다. 너무 서두르고 있습니다. 촛불이 켜진 것은 세 개뿐. 멀쩡한 것은 절반도 남지 않았습니다. 도착한다고 해도 완전한 성공은 아닐 것입니다.

우리는 그를 위해서 선택에 대해 조언할 수 있습니다. **빨리해내는 것이 최선은 아니다.** 그러니 조금 시간이 걸리더라도 차근차근 단계를 밟아가는 것을 선택하라고 말입니다. 그가 귀 기울여 듣는다면 수레의 남은 호박들은 무사할 것입니다. 기울어진 수레에서 모두 떨어져 빈 수레로 도착하는 것보다 천천히 수레를 모는 것이 더 이익이라는 것을 그가 알 수 있도록 말입니다.

Justice는 긴 장대 위에 있습니다. 두꺼운 화장은 그가 **평온한 마음을 가진** 사람처럼 보이게 합니다. 누구도 그의 표정을 읽을 수 없는 두꺼운 가면입니다. 그의 마음은 잘 감춰져 있습니다. 그래서 사람들은 그를 마구 흔들어 결론을 말하게 하려고 합니다. 그의 몸은 높은 장대위에 위태롭게 흔들립니다. 그는 아직 입을 열고 있지 않습니다. 그가 말을 시작하면 정의가 무엇인지 가려지게 될 것입니다.

흔들리는 장대 위에서 그는 **굳건히 잘 버티고 있는** 상황입니다. 사람들은 양편으로 나뉘어 자신의 사람들을 응원합니다. 그를 바닥으로 떨어뜨리는 사람이 승자가 되니다. 종이가루는 장대가 흔들리자 흩뿌려지기 시작했습니다. 곧 가려질 승자를 위한 것입니다. 모두가 그의 패배를 원하는 어려운 상황에서 그는 잘 버티고 있습니다. 정의의 균형은 쉽게 깨지는 것이 아니니까요.

그의 선택은 변하지 않습니다. **결국은 순리대로 될** 것 입니다. 바른 것이 선택의 기준입니다. 사람들이 그를 흔드는 것을 포기하면 그는 자신의 발로 땅으로 내려와 정의를 실현할 것입니다. 지금은 때가 아니기에 그는 장대 위에 서 있습니다. 아직은 승패가 갈린 것이 아닙니다. 양손에 든 천칭과 칼은 어느 쪽으로도 치우치지 않았습니다. 그는 지켜보고 있습니다. 그의 날카로운 눈은 진실이 무엇인지 알아내고 말 것입니다. 정의란 그런 것입니다.

Hermit의 문제는 그의 실체가 없다는 것입니다. 그는 오랜 시간동안 자신을 갈고 닦아 스스로를 내려놓으려고 노력하는 은둔자입니다. 그는 자신이 내려놓은 인간 세상에 돌아온 상태입니다. 그런 그에게는 **지금 상황에서 벗어나고 싶다는 생각**뿐입니다. 세상은 너무 복잡하고 그는 이런 세상이 익숙하지 않습니다. 그의 기억속의 세상은 이렇게 어둡지도 않고 이렇게 복잡하지도 않습니다. 오랜 시간이 지났기 때문에 그의 기억도 정확하지 않습니다.

그는 스스로의 모습을 버리고 **도망치는 중** 입니다. 감당할 수 없기 때문입니다. 처음부터 어려운 상황이 생길 때마다 그것을 피해 도망친 것이 문제였습니다. 삶 속에서 한 번 두 번 도망치다 보면 결국 모든 것을 회피하게 되고 껍데기만 남은 자신을 발견하게 됩니다. 이제 그는 자기 자신으로부터 도망치고 있습니다. 그래서 그는 텅 빈 사람이 되어버렸습니다.

이미 선택은 끝났습니다. **그만 하게 될 것** 입니다. 마음이 불편하고 고민하고 있는 것이 그 증거입니다. 계속 할 만큼 힘도 없고 도와줄 사람도 없습니다. 사람들은 아무것도 해내지 못한 나를 비웃고 있는 것만 같습니다. 그는 산을 넘어왔고 길의 거의 끝에 서 있습니다. 그가 서 있는 곳은 밝고 이제 따뜻하고 편안한 곳으로 돌아갈 수 있습니다. 조금만 더 가면 원하던 그 곳입니다. 안타깝게도 목적지가 가깝다는 것을 그는 모릅니다.

Wheel of Fortune은 마지막 순간을 싣고 앞으로 나아갑니다. 그에게는 **개인적인 감정이 없다** 는 것이 우리에게 불행일지도 모르겠습니다. 수레를 모든 그는 운명이기 때문에 어느 길로 가든 목적지에 도착할 것입니다. 모든 사람에게 운명이 싣고 가는 마지막 시간이 배달됩니다. 운명에게 호소해도 운명은 목적지를 바꾸지 않습니다. 운명은 약속된 시간에 예정된 곳에 갈 뿐입니다. 그래서 운명입니다.

그는 **아직 목적지에 도착하지 않은 상황** 입니다. 길은 두 갈래로 나뉘어 있어 지금 빗겨가도 운명은 언젠가 목적지에 도착합니다. 누구도 벗어날 수 없는 죽음이 다가왔을 때의 모습이 인생의 마지막 모습이 될 것입니다. 가장 순결한 꽃과 가장 화려한 꽃을 싣고 마지막 몸을 누일 관을 싣고 가는 그는 커다란 낫을 든 사신입니다. 그가 도착하면 마지막입니다. 더 이상 갈 곳이 없습니다.

그는 **선택하지 않는 자** 입니다. 운명이 정해진 대로 길을 따라가는 동안 그 길을 변화시키고 운명에게 길을 보여주는 것은 인간입니다. 우리가 인생을 어떻게 살아가느냐에 따라 운명의 수레가 움직이는 길은 달라집니다. 지금 운명이 서 있는 곳은 우리가 과거에 만들어 둔 길입니다. 운명은 과거에 따라 달라집니다. 미래를 바꾸고 싶다면 지금이 과거가 되기 전에 행동해야 합니다. 현재의 생각과 행동이 미래의 운명의 앞에 놓인 길이기 때문입니다.

Strength는 차분히 마음을 가라앉혀야 합니다. **흥분한** 마음이 그녀를 방해할 수도 있기 때문입니다. 흥겨운 음악소리가 들리고 햇살이 따사로운 날, 오늘은 그녀가 주인공입니다. 그녀는 결정권을 손에 쥐고 있고 모두들 그녀의 손끝만 바라보고 있습니다. 그녀는 해야 하는 일은 간단합니다. 옳은 호박을 고르는 것은 쉬운 일이니까요. 문제는 눈을 감고 있다는 것입니다.

그러나 쉽지 않은 상황입니다. **바로 지금** 해야 하기 때문입니다. 주변의 재촉이 그녀의 평정심을 흔들고 있습니다. 눈은 완전히 가려져 있습니다. 시간은 빠르게 지나갑니다. 선택을 하지 못하면 다른 누군가가 중요한 것을 가져갈 것입니다. 그녀도 알고 있습니다. 지금이 가장 빛나는 순간입니다. 나중이 되면 들러리가 되어 다른 사람의 선택을 기다려야 할 것입니다. 지금이 그녀에게는 가장 중요 합니다. 다음은 없습니다.

조금 억울하지만 **책임 져야 할 것입니다.** 눈을 감고 골랐어도 고른 사람은 자신입니다. 힘을 사용한 사람은 책임도 져야 합니다. 그것이 힘의 규칙입니다. 압력에 굴복하고 다수의 의견을 따랐다고 해도, 내 의견이 아닌 것을 내세웠다고 해도 내가 한 일이 됩니다. 책임져야 한다는 것을 힘을 휘두르기 전에 다시 한번 생각해야 합니다. 힘은 의무입니다. 힘의 크기만큼 해야 할 것들이 있습니다. 책임지고 싶지 않다면 권한을 포기하는 것이 낫습니다. 무겁다면 지금 내려놓아야 합니다.

Hanged Man은 거꾸로 매달려 세상을 보고 있습니다. 그는 자신이 보고 있는 것에 **만족**합니다. 누구도 그가 보는 것을 볼 수 없기 때문입니다. 사람들은 그를 응원하며 깃발을 흔들고 있습니다. 그는 유일하고 특별한 누구도 할 수 없는 일을 해낼 수 있는 사람입니다. 색색의 종이가루가 흩날리고 새어 나오는 웃음은 화려한 화장으로도 감춰지지 않습니다. 그는 혼자서 만족하는 사람입니다.

그의 행복은 오래 갈 수 없을지도 모릅니다. 그가 특별한 것이 아닙니다. 그를 특별하게 하는 것은 그네입니다. 상황이 그를 특별하게 하는 것입니다. 그 자체만을 바라본다면 그는 **홀로 외로운** 상황에 놓인 사람일 뿐입니다. 시간이 되면 그는 내려와야 합니다. 사람은 그네에 매달려 살 수는 없습니다. 그는 깨달아야 합니다. 특별한 것을 할 수 있어도 그는 한 명의 사람입니다. 홀로 떨어져 살 수는 없습니다.

그는 세상으로 내려올 **시기** 를 선택해야 합니다. 내려오지 않을 수는 없습니다. 기운이 다 하고 땅 위에 발을 딛고 서야 할 때가 멀지 않았기 때문입니다. 사람들은 그를 향해 손짓하며 그의 모든 것을 알고 싶어 합니다. 그가 가진 것은 그에게는 어려운 것이 아니지만 다른 사람들에게는 신기하고 엄청난 것입니다. 사람들이 그의 재능을 배우고 싶어 할 때 가르쳐 준다면 사람들이 그를 도와줄 것입니다. 그에게도 세상은 낯선 곳입니다. 더 늦기 전에 결정해야 합니다. 이미 늦었기 때문입니다.

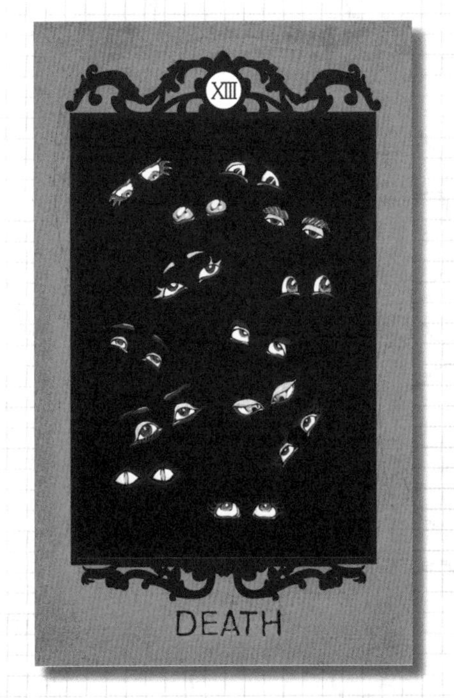

Death는 깜깜한 어둡입니다. 그래서 **두려움** 입니다. 아무리 둘러봐도 보이는 것이 없고 들리는 것도 없고 구분할 수 있는 것도 없습니다. 그래서 무서워집니다. 처음에는 없던 두려움이 생겨납니다. 우리는 죽음이 무엇인지 죽음 후에 어떻게 되는지 알지 못합니다. 그래서 죽음이라는 말만 듣게 되어도 머릿속이 캄캄해지면서 두려움에 떨게 되는 것입니다. 알 수 없기 때문에 할 수 있는 일이 없습니다. 죽음은 그런 것입니다.

죽음이 도착하는 시간은 일정하지 않습니다. 누구나 **준비되어 있지 않은** 상황에서 죽음을 맞이하게 됩니다. 죽음은 예고하지 않고 찾아오기 때문입니다. 지금은 상상하지 못한 순간, 아주 먼일이라고 생각했던 그 순간입니다. 몰랐던 것이 아닙니다. 언젠가는 온다는 것을 우리도 알고 있습니다. 멀다고 생각하고 당장 준비하지 않아도 시간이 있을 것이라고 생각했기 때문입니다. 이제 준비할 시간은 없습니다.

끝 이라는 것을 받아들여야 합니다. 이제 어떤 노력도 중요하지 않습니다. 주어진 시간은 끝났습니다. 받아들이면 끝납니다. 고통스럽지도 힘들지도 않습니다. 죽음은 모든 것이 종료된다는 뜻입니다. 눈만 감으면 됩니다. 고개만 돌리면 됩니다. 지루하게 끌어오던 일도 끝날 것입니다. 다시는 보고 싶지 않던 원수와의 싸움도 끝날 것입니다. 세상에 없을 만큼 귀한 사랑도 끝날 것입니다. 그러니 선택은 하나입니다. 끝이라는 사실을 인정해야 합니다.

Temperance는 **편안한 마음**으로 사자와 호랑이 사이에 서 있습니다. 그녀는 조련사입니다. 어린 동물이 성인이 될 때까지 보살피며 함께 성장하는 사람입니다. 끊임없이 노력하는 사람입니다. 가장 무서운 맹수들이지만 그녀의 결정을 믿고 따르는 신뢰의 관계가 그들 사이에 존재하기 때문입니다. 균형은 믿음과 신뢰, 수많은 시간을 함께 한 관계에서만 볼 수 있는 것입니다. 그래서 아무 일도 없이 이 순간이 평온하게 지나갈 것이라고 믿을 수 있는 것입니다. 노력과 시간은 그녀가 편안할 수 있는 이유입니다.

다른 사람들이 보기에 그녀는 **아슬아슬한** 상황입니다. 배고픈 맹수들의 코앞에서 단 한 덩어리의 고기를 들고 서 있기 때문입니다. 맹수들은 입을 크게 벌리고 먹이를 기다리고 있습니다. 그녀가 사자와 호랑이 사이에서 한 덩어리의 고기를 가지고도 편안할 수 있는 것은 호랑이와 사자와 그녀의 균형 잡힌 관계 때문입니다. 아슬아슬해 보이지만 실상은 그렇지 않습니다.

그녀는 **무엇을 선택하든 상관없다**는 것을 잘 알고 있습니다. 누구에게 먼저 먹이를 주든 다른 하나는 기다릴 것입니다. 그녀는 그들을 실망시킨 적이 없습니다. 언제나 다시 돌아와 배고픈 쪽에게 먹이를 주었으니까요. 그녀의 선택은 항상 공정합니다. 지금이냐 나중이냐가 다를 뿐입니다. 그래서 누구도 그녀에게 먼저 달라고 조르지 않습니다. 그녀를 물어버리지도 않습니다. 조련사와 사자와 호랑이는 하나이기 때문입니다.

Devil은 알록달록한 집을 완성했습니다. 그녀의 환영팻말은 사람들을 **기대감** 에 부풀게 합니다. 악마는 언제나 화려하고 이상적이며 사람들이 원하는 것만을 보여줍니다. 악마는 집을 통해 사람들을 행복하게 하고 즐겁게 할 것입니다. 신기하고 예쁜 것들로 가득한 악마의 집은 무엇을 상상하든 그 이상의 것을 보여줍니다. 모든 사람들에게 맞춰 원하는 것을 주는 곳입니다. 무엇이든 생각하면 이루어 질 것 같은 희망도 줄 것입니다..

이곳은 외딴 곳, 어떻게 올 수 있었는지 어떻게 빠져나가야 할지 알 수 없는 **누구도 구해줄 수 없는** 곳입니다. 한 번 악마의 유혹에 빠져든 사람들은 그녀의 손아귀에서 영영 벗어나지 못합니다. 탈출 할 수 없습니다. 어쩌면 놓고 온 것이나 그리운 사람을 보고 싶어 악마의 집에서 빠져나가고 싶어질지도 모릅니다. 눈앞에 것에 속아 기억도 점점 잊혀져 갑니다. 마지막 남은 외로움도 결국 사라지게 됩니다.

달콤한 빼빼로. 막대사탕. 자갈은 세상 모든 맛을 가진 젤리들입니다. 여기가 어딘지도 잊은 채 악마의 과자집의 달콤함 속에서 시간을 보내게 될 것입니다. 사람들은 **빠져들게 될 것** 입니다. 원하는 것이 다 있는 것처럼 보입니다. 악마가 만든 것은 허상입니다. 시간이 지나야 알 수 있습니다. 가장 마지막까지 남아있는 마음속 가장 밑바닥에 숨어있는 소중한 기억만이 악마의 유혹에서 깨어나게 할 수 있습니다. 열심히 떠올려야 합니다. 정말 중요한 것이 무엇인지.

Tower처럼 높게 솟은 커다란 외딴 집 앞에는 **긴장감** 이 가득합니다. 유령처럼 하얗게 빛나는 고양이가 지붕위에 서 있는 어두운 밤. 번개가 치고 무엇을 태우는 연기인지 알 수 없는 짙은 연기가 솟아오르는 집 앞에 어린 소녀가 홀로 공포와 맞서고 있습니다. 소녀는 친구들 중에서 처음 뽑힌 대표입니다. 그녀가 해야 할 일은 저 무서운 집 안으로 들어가는 일입니다. 그녀가 집을 살펴보고 나면 그녀의 친구들도 집 안으로 들어갈 것입니다. 그녀는 다수의 안전을 위해 홀로 모험을 택한 선구자입니다.

떨리는 가슴으로 철문 안으로 들어간 소녀를 친구들이 지켜보고 있습니다. 재미로 찾아왔지만 장난스러운 마음은 싹 가신지 오래입니다. 멀리서 지켜보는 것만으로 주인이 나타나 혼을 낼 것 같습니다. 조금 떨어져있다고 해서 상황이 달라지는 것은 아닙니다. 알고 있지만 발이 떨어지지 않습니다. 두려움이 그들을 지배하고 발을 묶어놓고 있는 상황입니다. 괴물이 나타난다면 침입자인 소녀의 친구들도 **함께 벌을 받을** 것입니다.

상황을 바꾸려면 그들은 선택해야 합니다. **소녀를 따라 들어가거나 소녀를 집 밖으로 데리고 나와야 합니다.** 선택은 모두가 함께 해야 합니다. 그들은 동료이기 때문입니다. 함께 저지른 일이니 용기를 내야 합니다. 용기를 내면 상을 받게 될 것이고 무사히 돌아갈 수 있을지도 모릅니다. 선택에 대한 상은 용기 있는 자를 위한 것이니까요.

Star는 밝게 빛나며 마녀들의 축제 사바스Sabbath를 알립니다. 세 명의 마녀들은 축제 참석을 위해 북극성이 밝게 빛나는 바다 위를 날고 있습니다. 신호를 받은 마녀들은 별이 가리키는 곳으로 날아가야 합니다. 별이 기울기 전에 도착해야 한다는 **급한 마음** 이 오히려 마녀들의 발길을 느리게 만듭니다. 북극성은 자꾸 멀어져만 갑니다. 그녀들의 목적지도 멀어져 갑니다. 그렇지만 불안하고 힘든 마음도 신성한 곳을 보호하는 마법의 힘의 일부라는 것을 아는 마녀들은 잘 버텨내고 있습니다.

마녀들에게 길을 알려주어야 할 별들이 **진로를 방해하는** 상황입니다. 파도가 점점 거칠어지고, 하얀 물보라가 그녀들의 시야를 가리고, 추운 날씨가 바닷물에 젖은 마녀들을 꽁꽁 얼어붙게 합니다. 춥고 길을 잃은 상태에서 위로가 되는 것은 혼자가 아니라는 사실입니다. 마녀들은 서로 의지하며 어려움을 해결하려고 노력하고 있습니다.

사바스의 참석은 규칙입니다. 마녀들이 사람들의 눈에 띄도록 무리지어 다녀서는 안 된다는 것 또한 규칙입니다. 누군가 세 마녀들을 보게 된다면 사바스에 접근할 수 없을지도 모르기 때문에 결국 **홀로 모든 것을 해쳐나갈 것** 을 선택해야 합니다. 함께 해주었던 동료들에게 안녕을 고하고 각기 떨어져 목적지로 향해야 합니다. 마녀는 평생 외로운 존재이고, 그녀들의 의무는 우정이나 친교가 아닌 사바스 참석이기 때문입니다.

Moon은 밤의 문을 열었습니다. 달의 밤은 낮과는 다른 세계입니다. 태양의 낮은 힘과 역동성의 시간이지만 밤은 정신과 유연함의 시간입니다. 부드럽고 조용한 여성을 상징하는 시간입니다. 그러나 달은 투명한 얼음처럼 단단합니다. 달은 낮과는 다른 힘을 가지고 있습니다.

변신종족의 상징이며 그중에서도 가장 파괴적인 늑대인간의 변화의 힘의 원천입니다. 달은 이처럼 특별한 기운을 가지고 있습니다. 그 기운은 차고 생명력에 가득 차 있지만 어둡고 우울합니다. 그래서 달은 그 자체로 **우울한 마음** 입니다. 가장 달의 기운이 강해지는 것은 별이 없는 밤입니다. 달의 빛이 별을 가리고 세상을 지배하면 찬 기운이 세상을 뒤덮고 사람들의 마음이 흔들리기 시작합니다.

달의 힘은 태양에서 비롯됩니다. 태양의 양의 기운에 음의 찬 기운을 실어 퍼뜨립니다. 그래서 보이지 않는 어둠의 부분은 양이며 빛나는 부분은 음입니다. 그래서 상황은 복잡합니다. **두 가지 측면이 공존하는 상황** 입니다. 완전히 바뀌게 되거나 선택이 다시 이루어져야 할 수 있습니다. 선택이 바뀌면 모든 것이 맨 처음으로 되돌아 갑니다. 달의 신비한 힘은 모든 것을 바꾸어 놓기 때문입니다.

달은 흑과 백을 바꾸어버리는 힘을 가진 존재 입니다. 달의 이러한 두 가지 측면은 **또 다른 선택** 이 기다리고 있다는 뜻입니다. 상황이 바뀌면 해야 하는 일도 의무도 달라집니다. 달은 변화의 상징으로 계속 바뀌는 존재입니다. 때문에 선택의 상황은 마지막까지 반복 될 것입니다.

Sun이 비추는 시간, 아이들은 솟대에 끈을 달고 태양을 부르는 놀이를 합니다. 이것은 전통적인 태양신을 위한 축제입니다. 서양에도 있고 동양에도 있는 이 놀이는 마을전체를 위한 것이며 아이들이 어른을 대표합니다. 열명의 아이들은 오방색 White, Black, Red, Blue, Yellow의 끈을 솟대에 장식하고 있습니다. 축제를 즐기는 모두가 즐겁습니다. 태양은 **즐거운** 감정입니다. 타오르는 열정이며 건강한 활기입니다. 세상 전체로 퍼져나가는 불변의 긍정적인 에너지 입니다.

모두가 **행복한 미래를 꿈꿀 수 있는** 상황입니다. 밝고 따뜻한 잔디밭에서 아이들은 발을 구르며 뛰어다닙니다. 아이들을 위협하는 어두운 것은 아무것도 없습니다. 검은 것도 회색의 것도 없습니다. 닳은 것도 없으며 퇴색한 것도 없습니다. 모든 것은 선명하고 알록달록합니다. 어린이들은 미래의 상징입니다. 행복하고 즐거운 아이들은 미래에도 이 행복이 지속될 것임을 말해줍니다. 오래오래 행복한 이 순간이 계속되기를 기도하고 있나요? 그 소원은 이루어 질 것입니다.

아이들의 춤은 **무엇을 선택하든 괜찮다** 의 메시지입니다. 충분한 시간이 있고 희망을 꿈꾸는 사람들이 있으니 결국 행복한 결말이 올 것입니다. 그 과정도 어렵지 않습니다. 모두가 한 마음으로 도와주는 조력자가 될 것이기 때문입니다. 경쟁자도 방해자도 없으니 마음껏 선택하세요. 운명은 당신의 편입니다.

Judgement는 어둠 속에서 소리 없이 시작되고 있습니다. 이것은 예정되었던 어떤 때이며 오랫동안 기다리고 있던 시간을 의미합니다. 예정된 시간을 유령들이 하얗게 빛나며 하늘로 날아오르고 있습니다. 그들은 **모든 것을 내려놓은 텅 빈 마음** 으로 가볍게 솟아오릅니다. 남은 미련이나 욕구가 없기 때문에 때를 맞이한 것입니다. 그들은 이 시간을 기다려왔습니다. 그들의 시간은 끝났습니다.

모든 유령들에게 새로운 시간이 주어질 것입니다. 그들은 차갑게 식어 땅속에 갇힌 채 기다려왔습니다. 유령들에게도 기다림은 힘들고 긴 시간입니다. 드디어 모든 것이 끝났습니다. **아무 것도 할 필요 없는 상황** 입니다. 노력할 필요도 할 일도 없습니다. 모든 노력은 살아있을 때 다 하였습니다. 이제 기다림도 끝났습니다. 그들의 노력한 것에 대한 평가를 받는 일만 남았습니다.

할 수 있는 것이 남았다고 생각하는 동안은 때가 오지 않습니다. 때는 시간이 다 했을 때 판결 후에 오는 것입니다. **선택은 판결하는 자의 것** 입니다. 알게 되어야만 마지막 순간이 찾아옵니다. 모든 것을 내려놓아야 때는 시작됩니다. 벗어나려고 노력하거나 의지를 가지고 싸우려고 하면 때는 오지 않습니다. 유령들에게는 선택의 권한이 없습니다. 모든 권한은 죽어 땅에 묻히면서 사라졌습니다. 그렇게 모든 것을 잃고 언제인지 모르는 때를 기다린 것입니다. 기다린 만큼 결과는 만족스러울 것입니다. 판결은 순리대로 공평하게 이루어집니다.

World은 금수禽獸와 어린 것, 만물이 공존하는 곳입니다. 상징적으로도 세상은 요람이며 터전입니다. 태어나고 자라고 흙으로 돌아가는 곳입니다. 세상은 주기를 가지고 있으며 주기는 모든 것들에게 적용됩니다. 존재하는 모든 것들은 태어나고 소멸 합니다. 이것은 이치이며 섭리입니다.

세상은 발 디딜 틈도 없이 비좁습니다. 터질 것처럼 빽빽하게 차 있는 세상은 작은 오두막에서 커다란 빌딩까지. 모든 것이 마음을 가지고 있습니다. 그래서 **다양한 감정** 이 세상에 존재합니다.

모두 자신만의 언어로 말하고 자신의 마음을 표현합니다. 세상은 너무 복잡하고 꽉 차 있습니다. 이대로 라면 **터져버릴지도 모르는** 상황입니다. 압력은 강하고 세상의 껍질은 아주 얇습니다. 한정된 세상은 모든 것의 욕망을 감당하고 있습니다.

무엇을 선택해야 하는지는 상황을 알고 보면 분명해집니다. 비좁고 복잡하고 시끄럽다면 청소를 해야 합니다. 어렵지 않습니다. 필요 없는 것을 나누고 쓰레기를 버리고 샤워를 조금 짧게 하면 됩니다. 세상을 위해서 **각자 한 가지만 포기하면 됩니다.** 이것으로 충분합니다. 모두가 행복해 질 것입니다. 세상은 양보를 바라고 있습니다. 아주 작은 것, 잃어버린다고 해도 나중에 기억나지도 않을 사소한 것을 포기하면 됩니다. 빈 그릇에 물이 신선한 물이 채워지는 것처럼 더 좋은 것들로 채워지게 될 테니까요.

타로카드는 여러 가지 상징이 조합되어 있는 그림카드입니다. 트릭트릿의 그림 속에도 많은 상징이 숨어있습니다. 이제부터 이야기 속으로 들어가 트릭트릿의 상징을 찾아 그 뜻을 살펴보고 해석의 바탕이 되는 키워드까지 변화하는 과정을 함께 살펴보겠습니다.

SYMBOL
OF
TRICK OR TREAT

호박의 왕은 피리소리로 아이들을 홀려 어두운 공동묘지로 끌고 갔습니다. 이제 산 하나만 올라가면 아이들은 돌아올 수 없을 것입니다. 아이들은 모두 살던 곳으로부터 등 돌리고 있습니다. 초록머리의 아이는 가지고 가던 사탕바구니 마저 망가뜨렸습니다.

0. The Fool

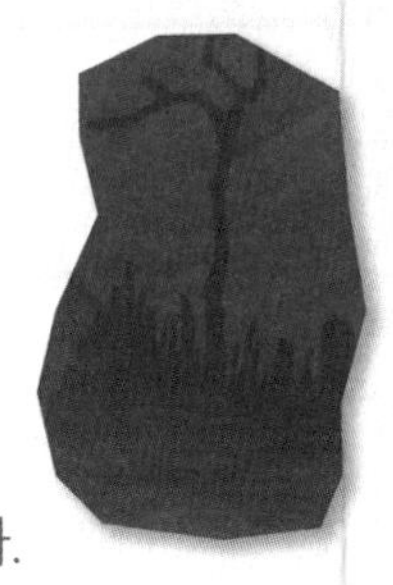

❶ 길 끝에 자리 잡은 어둠

점점 어두워져가는 배경은 상황이 바뀔 수 있음을 상징합니다.
밝아지는 것은 희망을, 반대로 어두워지는 것은 위험을 상징합니다.

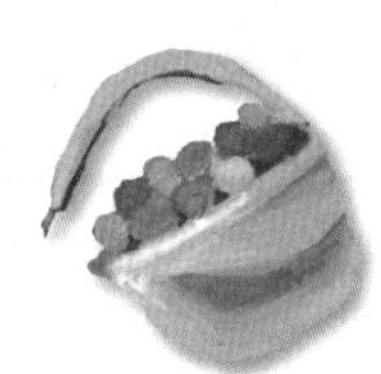

❷ 손잡이가 망가진 바구니

가는 길에 발목을 잡는 방해자와 환경을 뜻합니다.

❸ 노란달

노란 달은 갓 채워져 이제 이지러지기 시작하는 달입니다.
달은 점점 줄어들어 결국 달도 없는 밤이 다가온다는 뜻입니다.

❹ 정면을 보지 않는 아이들

아이들은 모두 등을 돌리고 있습니다. 정면을 보지 않는 인물들은 현재의 상황을 모른다는 뜻입니다.

Key-Word

① 길 끝에 자리 잡은 어둠

희망
위험
바뀔 수 있다.

② 손잡이가 망가진 바구니

방해
방해자
덫
준비되지 않은

③ 노란달

밤
때가 되다.
어둠

④ 정면을 보지 않는 아이들

모르다
외면
의외의 상황

만사가 귀찮아 보이는 마법사가 손을 탁자 아래로 숨기고 앉아있습니다. 테이블 위에는 칼과 컵, 동전과 마법사의 완즈가 놓여있습니다. 등 뒤에는 빛을 뿜는 수정구와 마법의 약들, 검은 고양이 같은 잡다한 것들이 가득 차 있습니다. 테이블 위의 컵은 하나가 아닙니다.

1. The Magician

❶ 많은 것이 가득한 선반

다양한 물건은 재능과 가능성을 상징합니다.
앞으로 일어날 많은 사건들도 예고합니다.
선반의 거미줄은 그런 일들이 오랫동안 반복되었음을 뜻합니다.

❷ 마법사의 숨겨진 손

손에 쥔 패를 보여주지 않는 마법사는 숨겨진 것, 비밀을 상징합니다. 그의 외알 안경은 마주앉은 누군가를 뚫어지게 쳐다보고 있습니다. 그는 당신을 읽어내는 중입니다.

❸ 테이블위의 4가지 상징

마법사는 모든 것을 가졌기 때문에 테이블 위에는 마이너 아르카나를 상징하는 4가지가 놓여있게 됩니다. 컵, 완즈, 칼, 동전이 그것입니다.

❹ 2개의 컵

2개의 컵 중 하나는 당신을 위해 준비된 것입니다. 마법사는 당신이 올 것을 미리 알고 있습니다.

Key-Word

① 많은 것이 가득한 선반

재능
가능성
어떤 일이든 일어날 수 있다.
예전부터 일어났던 일들

② 마법사의 숨겨진 손

비밀
숨겨진 것
거짓말을 하지 말 것

③ 테이블위의 4가지 상징

물을 상징하는 컵
바람을 상징하는 칼
불을 상징하는 완즈
땅을 상징하는 동전

④ 2개의 컵

인연
관계
알고 있다.
동등하다.
시작되다.

점술가가 펜듀럼을 들고 질문을 하는 중입니다. 테이블 위에는 수정구와 타로카드, 향과 향대, 칼과 구부러진 막대가 놓여있습니다. 커튼에는 밤과 낮의 별과 달이 그려져 있고 검정색과 흰색입니다. 그녀는 앞을 보고 있지 않습니다.

2. The High Priestess

❶ 밤과 낮의 커튼

검은 커튼은 밤을, 하얀 커튼은 낮을 뜻합니다. 밤의 달과 별은 빛나지만 낮의 별과 달은 빛나지 않습니다. 이것은 죽음과 삶의 경계, 삶과 죽음의 반복을 뜻합니다.

❷ 점술가

그녀는 미래를 예견하는 사람입니다. 마주하고 있지만 지켜보지 않습니다. 그녀는 개입하는 사람이 아니라 전달해주는 사람이기 때문입니다.

❸ 향과 향대

작은 향은 타서 지나간 시간을, 긴 향은 새롭게 시작되는 시간을 상징합니다. 모든 사람에게 주어진 시간은 같지만 현재 남은 시간은 같지 않다는 뜻입니다.

❹ 점을 치는 도구들

펜듀럼은 긍정과 부정의 도구, 수정구는 불확실한 미래를 지켜보는 도구입니다. 타로카드는 질문에 대한 답만 보여줍니다. 향은 상담시간의 시작과 끝을 알려줍니다. 여러 장의 백지는 아직 정해지지 않은 운명입니다.

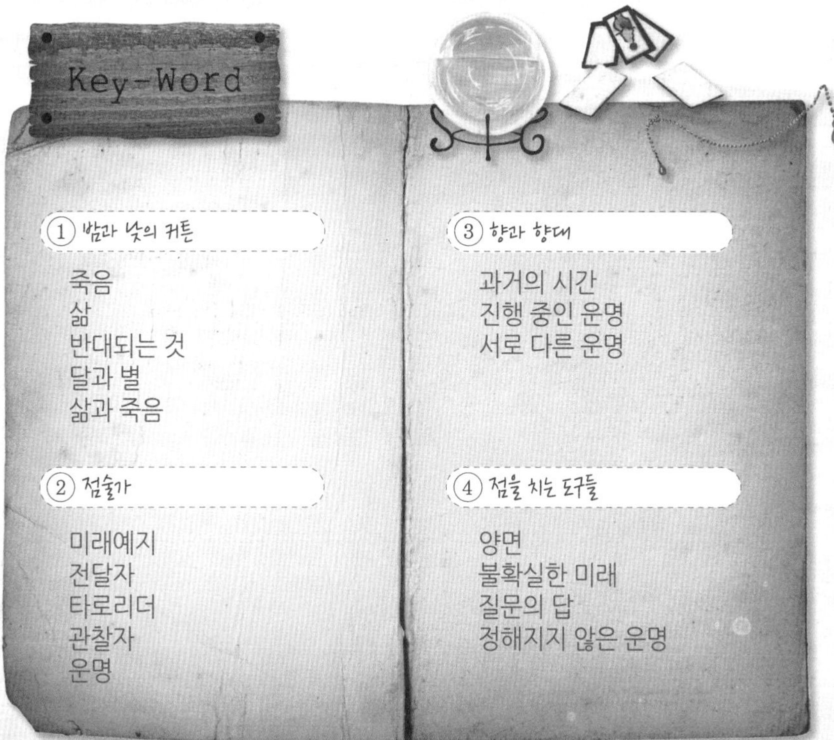

묘지의 여주인이 생생한 꽃을 들고 무덤을 찾았습니다. 그녀는 묘지를 돌보고 있습니다. 값비싼 베일은 휘날리고 있습니다. 그녀는 죽은 자를 존중하기 위해 검은 옷을 입었지만 구두는 분홍색입니다. 그녀는 어딘가로 갈 예정입니다.

3. The Empress

❶ 바구니의 꽃들

장미는 위엄을 백합은 순결을 스타치스는 영원한 사랑입니다.
그녀가 중요시 여기는 기준들입니다.

❷ 붉은 홍신

그녀의 내제된 본능을 상징합니다. 보여주고 싶고 자랑하고
싶고 사랑받고자 하는 그녀의 끓어오르는 마음입니다.

❸ 검은 옷과 베일

죽은 자를 기리는 베일과 검은 옷은 조상과 전통을 기리는 그녀의
자존심과 그녀가 품위 있음을 보여줍니다.

❹ 먼동이 트는 산봉우리

멀리 밝아져오는 산봉우리는 밝은 전망이
다가오고 있음을 보여줍니다.

❺ 황금색 물주전자

물을 나누는 것은 그녀가 생명을 키우고 돌보는 사람임을 보여줍니다.
그녀는 생명수를 나눌 수 있을 정도로 풍요로운 사람입니다.

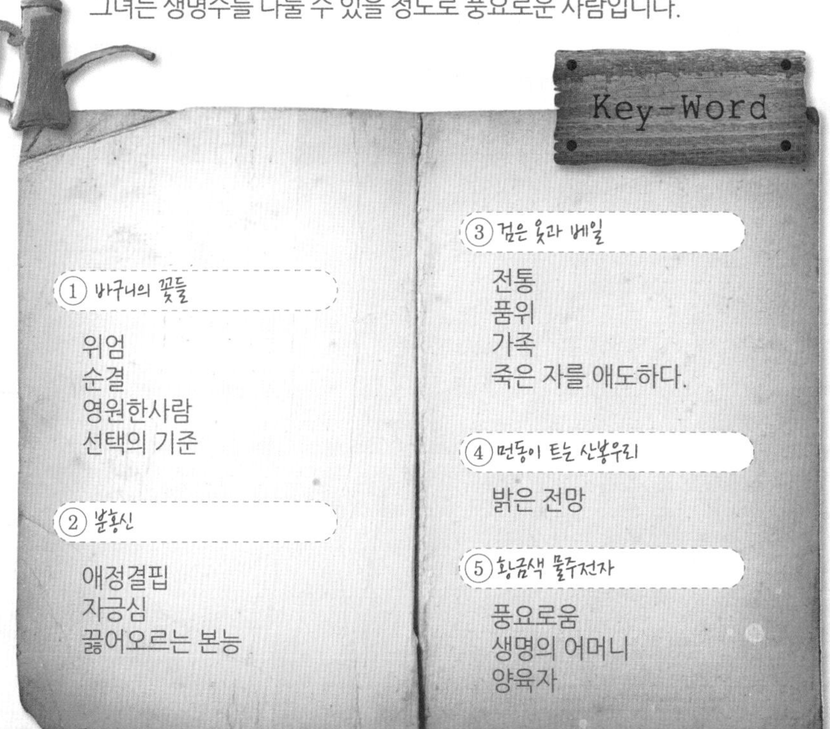

Key-Word

① 바구니의 꽃들

위엄
순결
영원한사람
선택의 기준

② 붉은 홍신

애정결핍
자긍심
끓어오르는 본능

③ 검은 옷과 베일

전통
품위
가족
죽은 자를 애도하다.

④ 먼동이 트는 산봉우리

밝은 전망

⑤ 황금색 물주전자

풍요로움
생명의 어머니
양육자

그는 메가폰을 들고 규칙을 전달하기 위해 연단 위에 섰습니다. 그는 빨리 모든 것을 처리해야 합니다. 그는 신호를 하기 위한 깃발을 들고 있고 시계는 째깍째깍 흘러갑니다. 그는 구름과 함께 높은 곳에 있습니다.

4. The Emperor

❶ 오른손에 들린 메가폰

그의 말의 전파력을 상징합니다. 모든 사람이 그의 말에 집중할 것입니다. 그의 말은 중요합니다.

❷ 회중시계

시간은 규칙과 기준의 상징입니다. 사슬에 달린 것은 누구나 그것을 지켜야 한다는 뜻입니다. 시계의 주인도 예외일 수는 없습니다.

❸ 장미와 해골의 깃발

장미의 깃발은 성스러운 희생을 해골의 깃발은 약탈자와 파괴를 상징합니다. 그가 흔드는 깃발에 따라 사람들이 움직여야 합니다.

❹ 휘장이 달린 연단

구름이 떠 있을 만큼 높은 연단과 휘장은 그의 지위를 상징합니다. 그는 성공한 사람입니다. 붉은 휘장은 그의 지위가 높다는 것을 뜻하고 구름은 그가 인간과 신의 경계에 서 있다는 것을 보여줍니다.

Key-Word

① 오른손에 메가폰

영향력
안내하다.
고지하다.
연설자

② 회중시계

정해진 시간
규칙
기준
얽매여 있다.

③ 장미와 해골의 깃발

전쟁의 신호
약탈자
명령하다.
희생

④ 휘장이 달린 연단

지도자
보호자
지위를 가진 남자
가깝지 않은 사람
목표에 도달하다.
성공하다.

미트라Mitra를 쓴 주교는 기념일의 행사를 진행하고 있습니다. 열명의 신도가 그와 함께 합니다. 그는 시간이 충분하지 않다는 것을 알고 있습니다. 그는 오른 손으로 그와 함께한 사람들을 축복합니다. 앞으로 많은 일이 일어날 것입니다.

5. The Hierophant

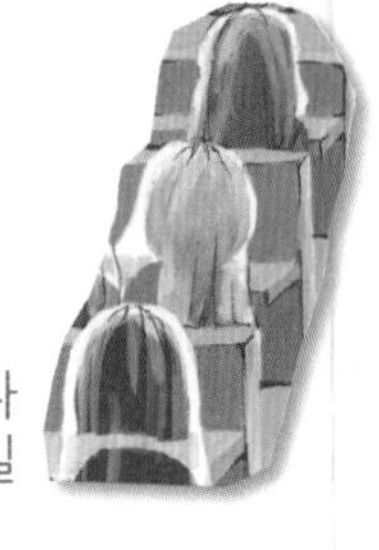

❶ 베일을 쓴 여자들

베일은 원죄와 비밀, 속죄를 상징합니다. 그녀들은 드러나 있으나 숨어있습니다. 베일은 모든 것을 덮어주지 않습니다. 결국에는 비밀은 드러날 것입니다.

❷ 호박촛대와 다섯 개의 초

호박은 추수감사절의 상징입니다. 가을이 되고 일년 동안의 노력의 결실을 걷는 날입니다. 추수감사절로부터 다섯 달이 지나면 부활절이 됩니다. 기다리던 사람이 오기 위해서는 겨울의 고난이 필요합니다.

❸ 주교장과 미트라

왼손에 쥔 주교장Bishop Staff는 그가 힘과 능력을 가지고 있음을 보여줍니다. 미트라Mitra는 신이 부여한 권위입니다.

❹ 열 명의 신도들

주교는 상징적인 존재입니다. 세상에서 일을 행하는 것은 완벽한 숫자인 열명의 신도들입니다. 그들은 세상으로 나가 그들에게 맡겨진 일을 할 것입니다. 여자들의 베일은 희생과 봉사를 남자들의 실크햇은 전통의 수호를 상징합니다.

Key-Word

① 베일을 쓴 여자들

순결
속죄
원죄
비밀
비밀은 드러날 것이다.

② 호박촛대와 다섯 개의 초

겨울의 고난
신의 재래
때를 기다림

③ 주교장과 미트라

권위
능력
신의 승리
신의 축복
결정되다

④ 열 명의 신도들

희생과 봉사
전통의 수호
준비되다
벗어날 수 없다.

달은, 반쪽은 남자의 얼굴을 반쪽은 여자의 얼굴을 가지고 있습니다. 비둘기는 둥지를 벗어나 날아가고 있고 연인은 결혼을 위한 예복을 갖춰 입은 상태입니다. 절벽은 연약하여 한발만 내딛으면 무너져 내릴 지도 모릅니다. 그들은 서로의 손을 잡을 수 없는 안타까운 상태입니다.

6. The Lovers

❶ 날아가는 비둘기

날아가는 비둘기는 새로운 터전을 상징합니다. 빈 둥지는 기존의 환경에서 떠났다는 뜻입니다.

❷ 음양의 달

두 가지 측면을 가진 달은 한쪽이 남자 한쪽이 여자를 상징합니다. 밝게 빛나는 쪽은 흥분을, 검게 타들어 달은 불안을 뜻합니다.

❸ 예복을 갖춰 입은 연인

예복은 약속을 상징합니다. 서로를 보고 있는 것은 사랑을 뜻합니다. 마지막으로 흩날리는 꽃잎은 이들이 미래를 위해 희생할 것들을 상징합니다.

❹ 살아있는 나무와 죽은 나무

한쪽의 나무는 푸른 잎을 달고 있습니다. 반대편의 나무는 이파리가 없이 검게 죽어있습니다. 이것은 새로운 시대의 시작을 상징합니다.

Key-Word

① 날아가는 비둘기

새로운 터전
떠나다.
기존의 환경을 버리다.
독립하다.
새로운 가정을 꾸리다.
평화는 오래가지 않는다.

② 음양의 달

흥분한 마음
불안한 마음
남자와 여자
상처받은 마음

③ 예복을 갖춰 입은 연인

약속
약속을 지키다.
사랑하다.
사랑에 빠져있다.
미래를 위해 희생하다.

④ 살아있는 나무와 죽은 나무

새로운 가족
새로운 시대의 시작

빨간 머리의 소년이 포장마차를 끌고 갑니다. 오르막길이라 호박이 바깥으로 떨어지고 있지만 알아채지 못하고 있습니다. 표지판은 같은 방향을 가리키고 있습니다. 마을은 가깝지만 길은 가파른 언덕길이며 평탄하지 않습니다. 호박위에 켜진 촛불은 꺼져갑니다. 소년의 발길은 급해져만 갑니다.

7. The Chariot

❶ 빨간 머리의 소년

빨간 머리는 고집이 있다는 뜻이 있습니다. 소년은 나이가 어려 조절되지 않은 에너지로 가득 차 있습니다. 솟아오른 머리카락은 거친 성격을 보여줍니다. 그는 앞만 보고 있습니다.

❷ 평탄하지 않은 언덕길

흙길은 외로운 여행을, 잔디밭은 안정적인 미래를 상징하는데 여기서는 잔디밭을 흙길이 가로지르고 있습니다. 안정적인 미래를 위해 외로운 여행을 하는 중입니다. 길의 돌멩이 들은 반대자와 방해물을 상징합니다.

❸ 한쪽으로 기운 수레

수레는 짊어지고 갈 의무와 책임을 상징하는데 한쪽으로 기울어 있습니다. 소년은 무게를 감당하지 못하고 있습니다.

❹ 꺼진 촛불과 깨진 호박들

바닥으로 떨어진 호박은 손실을 보여줍니다.
꺼진 촛불은 시간이 다 지나갔음을 뜻합니다.

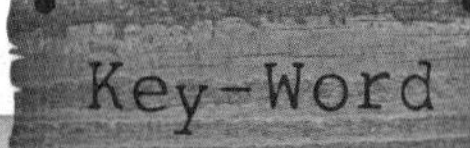

① 빨간 머리의 소년

선구자
고집이 있는
어린
거친 성격
주변머리 없는
배려심이 부족한

② 평탄하지 않은 언덕길

누구도 가지 않은 길
고독
응원 받지 못하다.
항상 반대하는 사람
걸림돌

③ 한쪽으로 기운 수레

책임이 무겁다.
속도가 빠르다
부족한 면이 있다.

④ 꺼진 촛불과 깨진 호박들

손실
손해보고 있다.
데드라인
시간이 필요하다.
마감시간이 지난

광대는 무표정한 얼굴로 장대 위에 서 있습니다. 복면을 한 두 사람이 그의 장대를 흔들어 떨어뜨리려고 합니다. 그는 양손에 칼과 저울을 든 채로 버텨냅니다. 사람들은 두 복면 중 하나를 응원하고 있습니다. 떨어지길 바라는 것입니다.

8. Justice

❶ 흩날리는 종이가루
사람들을 즐겁게 하고 광대의 시선을 가리는 종이가루는 축제의 상징으로 결과를 지켜보는 사람이 있다는 것을 상징합니다.

❷ 노을이 지듯 붉은 배경
현재는 힘들지만 휴식시간이 주어질 것이라는 뜻으로 주황과 노랑은 힘이 충분히 남아있다는 것을 보여줍니다.

❸ 높은 장대와 장대를 흔드는 사람들
높은 장대는 홀로 해결해야 할 과제와 목표를,
흔드는 사람들은 방해하는 환경과 사람들을 뜻합니다.

❹ 칼과 저울
판단하고 결정을 내리면 의무와 책임을 다 해야 한다는 뜻입니다. 광대의 머리위의 무한의 상징은 이러한 결정의 과정이 계속 반복 될 것임을 말합니다.

❺ 광대의 무표정한 얼굴
생각과 마음을 드러내지 않는 표정은 타인에게 노출되어서는 안 되는 비밀을 가지고 있음을 상징합니다.

Key-Word

① 흩날리는 종이가루

눈을 현혹하는 것들
승자를 기다리다.
관객
승자를 위한 축제

② 노을이 지듯 붉은 배경

금방 끝난다.
꽉 찬 에너지

③ 높은 장대와 장대를 흔드는 사람들

고독
혼자만의 결심
방해자
도움이 되지 않는 충고

④ 칼과 저울

의무와 책임
결정을 내리다.
판단의 기준
답을 알고 있다.

⑤ 광대의 무표정한 얼굴

비밀을 숨기다.

길은 휘어있고 가로등은 휘청거립니다. 어두운 곳에서 밝은 곳으로 달려 나왔지만 가면을 놓친 얼굴은 텅 비어있고 추격자들은 그를 따라잡은 상태입니다. 사탕바구니에서 사탕이 흘러내리고 있습니다. 그는 자신의 것을 놓치는 중입니다.

9. The Hermit

1 추격자들과 사탕바구니

추격자들은 그의 손에 들린 사탕바구니를 따라 온 것입니다. 사탕은 상징적으로 반짝이고 신기한 것입니다. 그들에게 악의는 없습니다. 신기한 것을 보여준 것이 문제입니다.

2 길과 가로등

휘어진 길은 마음속의 혼돈을 흔들리는 가로등은 그가 정신을 잃어가고 있음을 보여줍니다.

3 텅 빈 가운

그의 겉모습과 내면의 정신은 완전히 다릅니다. 우리와 비슷해 보이지만 완전히 다릅니다. 텅 빈 가운은 그가 현실의 존재가 아닌 이미 먼 곳의 사람이라는 것을 보여줍니다.

4 떨어진 가면

가면을 떨어뜨린 그는 버틸 만큼 버틴 상태입니다. 이제 그는 지쳤습니다. 가면과 갑옷을 벗고 쉬어야 할 때입니다. 떨어진 가면은 파티가 끝났음을 상징합니다.

Key-Word

① 추격자들과 사탕바구니

추격자
새로운 경쟁자
재능에 반하다.
팬(Fan)
빛나는 재능
달콤한 가능성
도망

② 구부러진 길과 휘청거리는 가로등

방해
방해자
덫
준비되지 않은

③ 텅 빈 가운

실체가 없는
도인
다른 차원의 사람
껍데기만 남다.

④ 떨어진 가면

휴식기
정체기
가면을 벗다.
타임오버

운명은 마지막 순간을 싣고 달려갑니다. 화려한 장미, 순결한 백합, 영원의 스타치스까지. 미래에 대한 전망은 어둡고 길은 둘로 갈라져 있습니다. 길 끝에 보이는 것은 말라버린 나무와 무덤을 알리는 표지판뿐입니다.

10. Wheel of Fortune

① 두 개의 표지판

두개의 표지판은 기준도 둘이라는 것을 상징합니다. 그래서 길도 두개입니다. 이것은 결과가 달라질 수 있다는 것을 상징합니다. 기울어져 있지 않은 운명은 달라 보이는 두개의 길의 최종목적지가 하나로 통해있으며 모든 일은 순리대로 될 것이라는 것을 상징합니다.

② 사신의 낫

사신의 낫은 결정의 때를 상징합니다. 망설일 여유가 없습니다. 사신이 마차를 달리는 중입니다.

③ 꽃과 관을 실은 마차

꽃과 관은 미래의 두 가지 측면을 보여줍니다. 꽃이 피고 시드는 것처럼 운명도 흘러갑니다.

④ 등 돌린 운명

운명은 등을 돌리고 앞만 보고 있습니다. 이것은 영향력에서 벗어난 운명의 속성을 보여줍니다.

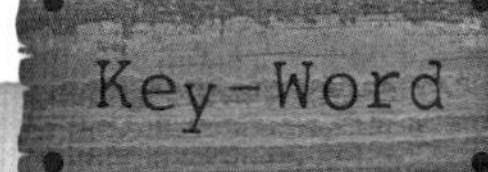

① 두 개의 표지판

알 수 없는 운명
서로 다른 결과
결국은 같은 목적지
예정대로 된다.
순리대로 될 것이다.
도착하게 될 것이다.

② 사신의 낫

결정에 따라 바뀐다.
하나는 포기해야 한다.
손에서 내려놓아야 할 때
지금이라도 선택할 수 있다.

③ 꽃과 관을 실은 마차

가장 원하던 대로 된다.
결심을 바꾸지 않는 것이 좋다.

④ 등 돌린 운명

언제나 내 편은 아닌
마음대로 할 수 없는
최선을 다하지 않은
타인의 손에 맡겨진

누덕누덕 기운 옷을 입은 거지소녀가 아이들과 함께 임금님 놀이를 하고 있습니다. 못이 듬성듬성 나와 있는 몽둥이는 소녀가 휘둘러야 할 선택권입니다. 눈은 가려져 있지만 제대로 된 호박을 고르면 왕관은 그녀의 것입니다. 주변의 아이들은 왁자하게 떠들며 빨리 고르라고 재촉합니다. 아이들의 얼굴은 상기되어 있습니다. 거지소녀의 뺨도 빨갛습니다.

❶ 눈을 가린 소녀

소녀는 힘에 익숙하지 않습니다. 눈을 가린 것은 그녀의 권력이 완벽하지 않다는 뜻입니다. 소녀가 가진 못이 듬성듬성한 몽둥이도 같은 의미입니다. 권위와 맞지 않는 허름한 옷이 그녀가 갑자기 이런 자리에 떠밀려나왔음을 보여줍니다.

❷ 왕관을 쓴 호박과 썩은 호박

힘을 가진 것과 힘을 사용한 후의 결과는 다를 수 있다는 것을 보여줍니다. 힘이 올바르게 작용하면 권위를 얻지만 잘못 사용하게 되면 모든 것이 끝날 수 있는 것이 힘입니다.

❸ 재잘거리는 아이들

알록달록한 소녀의 시야를 방해하고 헷갈리게 만듭니다. 아이들은 방해자와 유혹을 뜻합니다.

❹ 세 마리 나비

3은 완전의 숫자입니다. 좋은 결과를 뜻합니다.

Key-Word

① 눈을 가린 소녀

무지
어설픈
흥분한
앞뒤 가리지 않는
지식이 부족한
익숙하지 않은
갑자기 일어난 사건

② 왕관을 쓴 호박과 썩은 호박

힘
실패
나중에 가지게 될 명예
바르게 사용한 힘
욕망

③ 재잘거리는 아이들

동료
방해자
유혹
여러 가지의 가능성

④ 세 마리 나비

완벽해 보이는 전망
오후의 편안함
좋은 결과

광대는 한 다리로 그네에 매달려 있습니다. 원형의 무대는 온전히 그의 것입니다. 회색의 건조한 배경위에 그를 축하하는 꽃가루가 휘날리고 있습니다. 관객들은 그에게 놀라워하고 환호하고 있습니다. 그의 성과는 대단합니다.

12. The Hanged Man

❶ 원형의 무대

원형의 무대에서 보이는 12개의 조각은 완벽한 아름다움의 상징인 이시스의 삼각형의 각변의 합입니다. 이것은 조화와 균형, 그리고 영원함을 상징합니다. 원형은 모태와 자궁 새로 태어남을 상징 합니다. 광대는 이곳에서 새롭게 태어났습니다.

❷ 꽃가루

축하의 상징이며 완성과 결과를 뜻합니다. 이것은 목표가 멀지 않았음을 뜻합니다. 아직은 아닙니다. 그가 내려와야 모든 것이 끝나는 것입니다.

❸ 외다리로 타는 그네

광대는 두 다리로 매달리지 않고 한 다리로 매달려 기교를 부리는 중입니다. 이것은 한계를 극복하고자 하는 의지를 상징합니다. 그도 힘겨워 하고 있습니다.

❹ 놀라는 고양이

고양이는 깜짝 놀라고 있습니다. 그는 예상보다 오래 버티고 있습니다. 그가 변화하였음을 상징합니다.

Key-Word

① 원형의 무대

새로 태어남
불멸성
균형
모태
조화
모나지 않은

② 꽃가루

축하
결과물
성공이 멀지 않았다.
모두 견뎌내다.

③ 외다리로 타는 그네

한계를 극복하다.
끊임없는 노력과 연습
굳건한 의지
뽐내고 싶은 마음
능력을 보이다.
만족하다.
한계에 이르다.

④ 놀라는 고양이

지금까지 없었던 놀라운 일

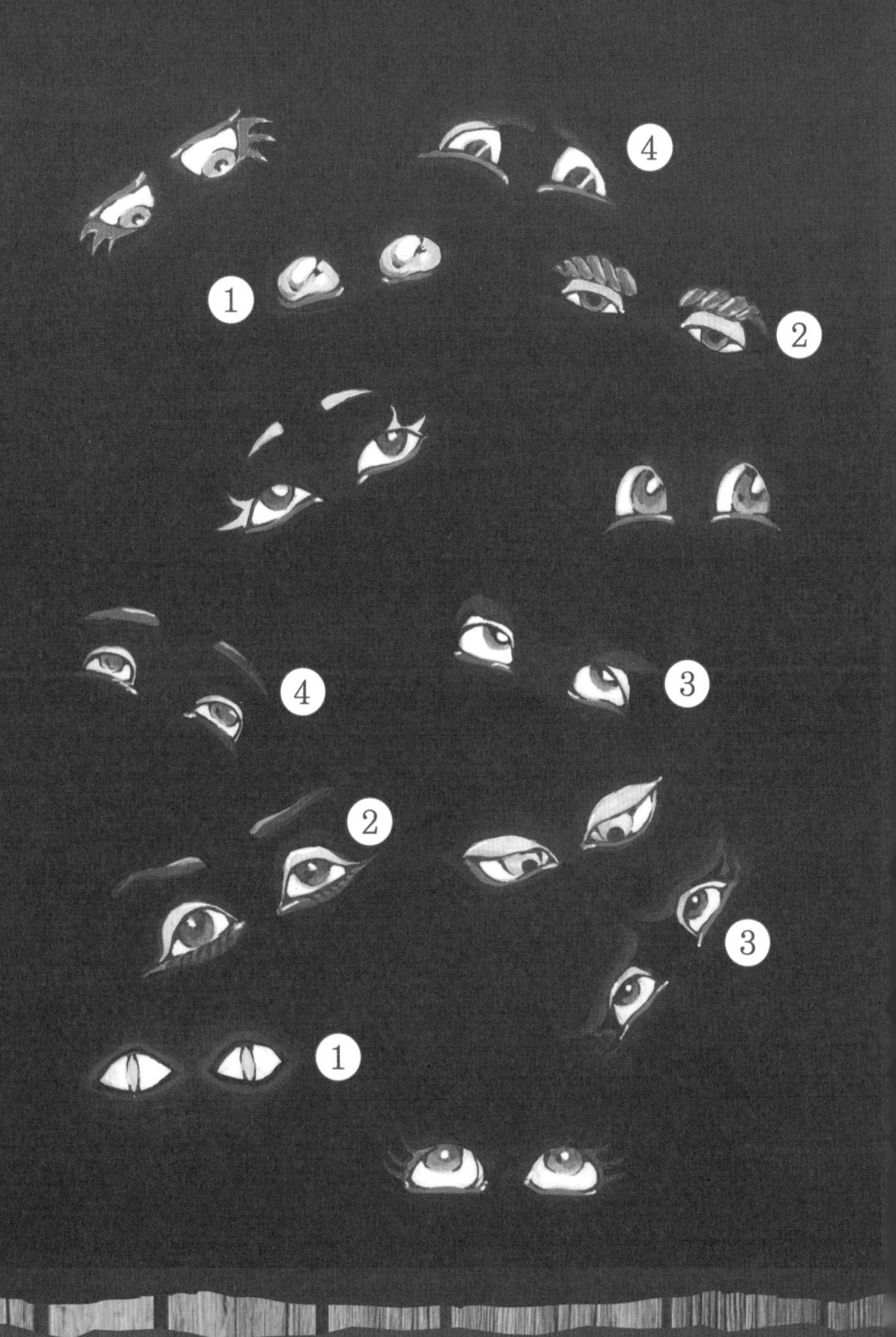

완전한 어둠 속에 주변을 살피는 눈들이 있습니다. 눈은 모두 다르고 보고 있는 곳도 다릅니다. 눈은 노력해도 어둠 속에서 아무 것도 볼 수 없습니다. 어둠 속을 헤매는 다른 눈도 볼 수 없습니다.

1 고양이의 눈

어둠 속에서 고양이는 정확히 앞을 보고 있습니다. 어둠 속에서도 주변을 볼 수 있는 고양이의 눈은 혼란 속에서도 미래를 예지하는 예언자를 뜻합니다.

2 반쯤 감긴 눈

이제 포기하려고 하는 눈은 끝이라는 것을 받아들이고 있습니다. 어둠 속에서는 할 수 있는 일이 없다는 것을 이제 모든 것을 내려놓아야 한다는 것을 상징합니다.

3 눈치를 보는 눈

곁눈질을 하고 있는 눈은 어둠 속에서도 대세를 따르기 위해 탐색중입니다. 어둠을 이해할 때 까지 탐색은 계속될 것입니다.

4 울상이 된 눈

죽음을 받아들이지 못하는 억울한 사람의 눈입니다.
왜 어둠 속에 있는지 억울해 눈을 찌푸리고 있습니다.

Key-Word

① 고양이의 눈

장님은 어둠 속에서도 볼 수 있다.
예언자는 보지 않아도 안다.
예언자
고양이의 목숨은 아홉 개

② 반쯤 감긴 눈

포기하다.
이제 시간이 끝나다.
모든 것을 내려놓다.
아무것도 할 수 없다.
끝을 받아들이다.

③ 눈치를 보는 눈

다수를 따르다.
눈치 보기
탐색

④ 울상이 된 눈

억울한
준비되어 있지 않은
기분이 상한

사자와 호랑이의 이빨과 같은 형상이 두개의 차양에 매달려 있습니다. 사자와 호랑이는 입을 벌린 채 날카로운 이를 드러내고 있습니다. 한손에는 먹이를 반대편에는 채찍을 든 조련사는 아무렇지도 않다는 듯 단 한 개의 먹이를 들어 보입니다.

❶ 한 덩어리의 떡이

부족한 것을 나누어야 하거나 선택해야 할 때임을 상징합니다. 부족한 것을 나누어 같게 하거나 하나를 없애어 공평하게 만들어야 균형이 이루어집니다.

❷ 나란히 입을 벌린 두 맹수

호랑이와 사자는 먹이가 하나인 것을 보고도 먼저 달려들지 않습니다. 가만히 기다리고 있습니다. 이것은 믿음과 신뢰가 가득했던 지나간 과거를 표현합니다.

❸ 좁은 무대

운신의 폭이 좁은 무대는 제한적인 선택을 보여줍니다.

❹ 둘로 나뉜 휘장과 무대

둘로 나누어진 휘장과 무대는 균형과 균등을 상징합니다.

❺ 조련사의 제복

조련사는 제복은 직업의 권위를 보여줍니다.

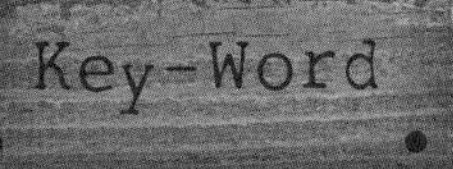

① 한 덩어리의 떡이

유일한
넘치는 쪽에서 부족한 쪽으로 흐른다.
부족함
팽팽한 긴장감

② 나란히 입을 벌린 두 맹수

균형
균형을 유지하려고 노력하다.
기다리다.
경험에서 우러나온 결론
신뢰

③ 좁은 무대

제한적인 선택
선택을 피하지 못하다.

④ 둘로 나뉜 휘장과 무대

균형
균등
나눌 수 있다면 분배할 것

⑤ 조련사의 제복

권위
속박

누구나 반할만큼 달콤하고 화려한 집 앞에서 마녀는 마무리 장식물인 환영 표지판을 들고 환하게 미소 짓고 있습니다. 마당에는 롤리 팝이 꽂혀있고 아주 작은 화초 까지 달콤한 사탕입니다. 시선이 미치지 않는 캄캄한 다락에는 빛나는 눈동자가 집안으로 들어올 사람들을 기다리고 있습니다.

15. The Devil

❶ 어둠 속에서 빛나는 눈

실체를 드러내지 않는 눈빛은 계획적이며 숨겨진 목적을 상징합니다. 때때로 숨겨진 함정을 뜻합니다.

② 달콤한 것들로 만들어진 과자집

달콤한 것들은 즐거움을 상징하는데 즐거움은 환상과 함께 짝을 이루는 상징입니다. 금방 녹아내릴 사탕과 카스테라로 만들어진 집은 오래가지 못하는 즐거움을 표현합니다.

❸ 마녀의 미소

마녀의 미소는 기대감과 흥분의 상징입니다. 그녀의 진짜 감정은 검은 옷과 모자로도 가려지지 않습니다.

❹ 배경의 무덤

멀지 않은 곳의 무덤들은 선택이후의 결과가 좋지 않을 것을 표현합니다.

❺ 흐릿하게 보이는 하얀 귀신과 까만 귀신

판단을 흐리게 하는 두 가지 마음을 뜻합니다.

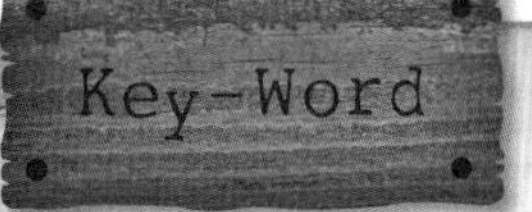

① 어둠 속에서 빛나는 눈

함정
숨겨진 목적
모든 것이 계획되어 있다.
드러낼 필요는 없다.

② 달콤한 것들로 만들어진 과자집

단기간의 즐거움
환상
금방 사라지다.
꿈꾸던 일
제안 받다.

③ 마녀의 미소

숨길 수 없는 즐거움
흥분에 들뜨다.
상을 기대하다.

④ 배경의 무덤

나쁜 결과
선택에 대한 책임
역사를 살펴볼 것

⑤ 흐릿하게 보이는 하얀 귀신과 까만 귀신

좋게 생각하려는 마음
헷갈리게 하다.

별도 없는 어두운 밤, 쇠창살로 창문이 가려진 탑 위로 번개가 내리치고 있습니다. 건물과 대문의 중간에 소녀가 멈춰 서 있습니다. 건물에선 불빛은 하나도 보이지 않지만 정체를 알 수 없는 연기가 솟아오릅니다.

16. The Tower

❶ 무너져가는 건물

오래된 시간을 상징하는 무너져가는 건물은 아슬아슬한 모습으로 긴장감을 보여줍니다. 사건은 일어났습니다.

❷ 소녀를 지켜보는 호박들

Justice의 아이들과 마찬가지로 호박들은 지켜보는 사람들 또는 세력을 표현합니다. 이들은 성공보다는 실패를 바라는 반대의 세력으로 직접적인 사건에서 한발 물러서 있습니다.

❸ 열린 철문

열린 철문은 가능성을 상징합니다. 도망갈 수도 있고 새로운 인물이 사건에 개입할 수도 있습니다.

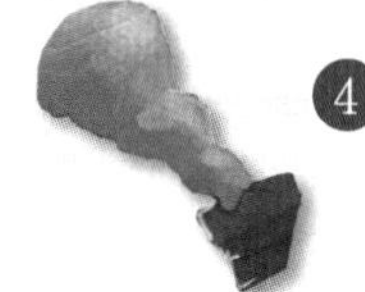

❹ 굴뚝위로 솟아오르는 연기

연기는 신호 중에서 구조를 상징하는 신호입니다. 누군가가 건물 안에서 도움을 요청하고 있습니다.

❺ 탑에 내리치는 번개

번개는 신의 경고나 벌을 상징하는데 미래의 인과응보를 예고합니다.

① 무너져가는 건물

긴장감
나쁜 일이 생길 것 같은 예감
이미 진행되고 있다.

② 소녀를 지켜보는 호박들

실패를 기대하는 세력
한 발 뒤로 물러서다.
눈에 불을 켜다.
지켜보고 있다.

③ 열린 철문

또 다른 일이 생기다.
도망가다.
처음은 아니다.
허술한

④ 굴뚝위로 솟아오르는 연기

사건이 벌어지다.
신호를 보내다.
도움을 요청하다.

⑤ 탑에 내리치는 번개

인과응보
하늘이 벌을 내리다.
경고

어두운 밤. 마녀들은 나란히 날지 않고 한곳으로 몰려들고 있습니다. 그녀들은 서로의 진로를 방해하고 있습니다. 파도가 하얗게 몰려듭니다. 바다 거품은 그녀들을 삼키려고 솟아오릅니다. 마녀들은 하얗게 얼어붙어가고 있습니다.

17. The Star

❶ 여덟 방향으로 빛나는 별

이것은 태양과 북극성의 상징입니다. 변치 않는 위치 때문에 희망을 상징하기도 합니다. 가야할 목표이며 길이자 어둠을 밝히는 등대입니다.

❷ 여덟 개의 작은 별

큰 별이 아닌 작은 별들은 최종목표를 가리는 눈앞의 작은 소득이나 유혹을 뜻합니다.

❸ 거친 파도

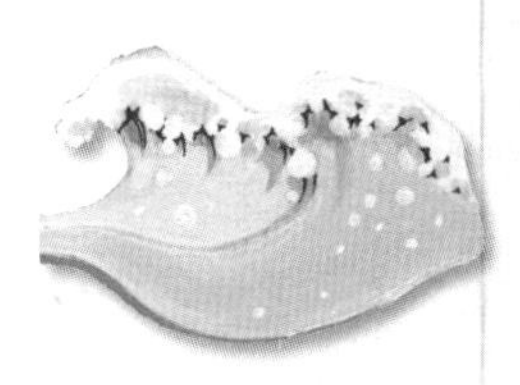

목표를 방해하는 세력을 상징하는 파도는 그녀들을 삼킬 것처럼 솟구치고 있습니다. 예상치 못한 사건을 상징합니다.

❹ 꽁꽁 언 마녀들

이미 실패했다고 여기는 상실감의 표현입니다. 그녀들은 빗자루위에 타고 있는 것이 아니라 얼어붙어 있습니다. 마음 속 으로는 잘 되지 않을 수도 있다고 포기하고 있는 것입니다.

Key-Word

① 여덟 방향으로 빛나는 별

불변
어둠 가운데 빛
북극성
길잡이
희망
행복한 결말을 꿈꾸다.

② 여덟 개의 작은 별

눈 앞의 작은 소득
유혹
딴생각
다른 것이 좋아 보이다.

③ 거친 파도

거대한 힘을 가진 방해자
방해세력
예상치 못한 사건
힘겨운 상황

④ 꽁꽁 언 마녀들

포기
상실감
손발이 묶인
도움이 되지 않는 동료

마녀의 솥단지가 끓고 있습니다. 연기를 마신 나무는 죽음에서 되살아나 새파란 잎을 피웠습니다. 달은 까만 뒷면을 보이고 모닥불의 빛은 주변을 환하게 밝히고 있습니다. 마법의 약을 완성하기 위해 필요한 신비한 것들이 준비되어 있습니다. 모든 것은 짝을 가지고 있습니다. 지금은 변화의 시간입니다.

18. The Moon

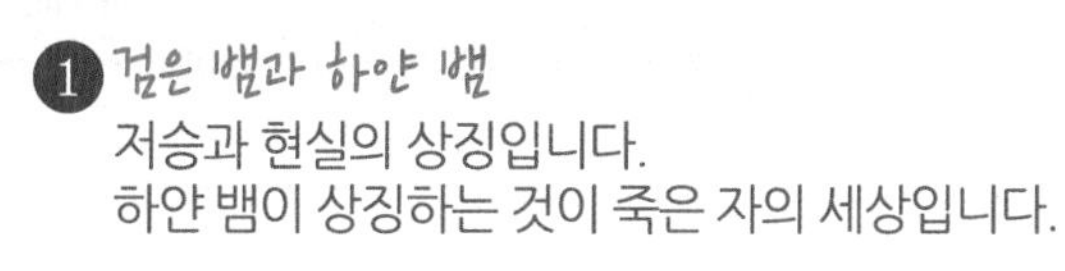

❶ 검은 뱀과 하얀 뱀

저승과 현실의 상징입니다.
하얀 뱀이 상징하는 것이 죽은 자의 세상입니다.

❷ 병에 담긴 신비한 것

병에 담긴 것들은 살아있는 모든 것들의 에너지입니다.

❸ 두 얼굴의 달

두 가지 측면을 가진 달은 음과 양의 조화를 상징합니다.
순리는 넘치는 곳에서 비어있는 곳으로 흐르는 것입니다.

❹ 되살아난 나무와 죽어버린 나무

두 그루의 나무는 모든 것이 알아차리지 못하는 새 바뀌어 가고 있음을 보여줍니다. 이것은 변화를 상징합니다.

❺ 환한 달빛

모든 것을 환하게 비추는 달빛은 진실을 드러나게 합니다. 어둠 속에 숨어있던 비밀이 밝혀지게 됩니다.

Key-Word

① 검은 뱀과 하얀 뱀

정신의 세계
어둠

② 병에 담긴 신비한 것

세계여행
서로 다른 사람들

③ 두얼굴의 달

조화
이면
선택
짝을 이루는 것
동전의 뒷면

④ 되살아난 나무와 죽어버린 나무

재생
죽음
변화의 물결

⑤ 환한 달빛

비밀을 알게 되다.
숨겨진 것이 드러나다.
우울증

빛나는 태양아래 아이들이 뛰놀고 있습니다. 아이들을 위협하는 것은 아무것도 없습니다. 솟대 위에 빛나는 호박은 멀리까지 밝은 빛을 전합니다. 해바라기는 햇빛의 방향을 향해 자라나고 있습니다. 모든 것은 밝고 따뜻해 보입니다.

19. The Sun

① 오방색으로 장식된 솟대

동쪽은 청색, 서쪽은 흰색, 남쪽은 적색, 북쪽은 흑색, 중앙은 황색의 다섯 방위를 상징하는 오방색은 세상을 이루는 다섯 가지 원소를 뜻합니다. 순수한 다섯 가지 색과 오행입니다. 솟대는 그 시작이 되는 하늘로 오르는 자리입니다.

② 무지갯빛 아이들

무지갯빛으로 빛나는 아이들은 모두 두건을 쓰고 나이나 성별을 보여주지 않습니다. 모든 사람들에게 무한한 가능성이 있음을 말합니다.

③ 해바라기

태양을 상징하는 해바라기는 모두 똑바로 서 있습니다. 안정적이고 따뜻한 환경, 그리고 편안함을 상징합니다.

④ 넓은 잔디밭

장애물이 없는 연둣빛의 잔디밭은 준비된 터전으로 담벼락이나 울타리가 없는 것은 보호자 없이 스스로 성장해야 하며 동시에 어떠한 제약도 없음을 의미합니다.

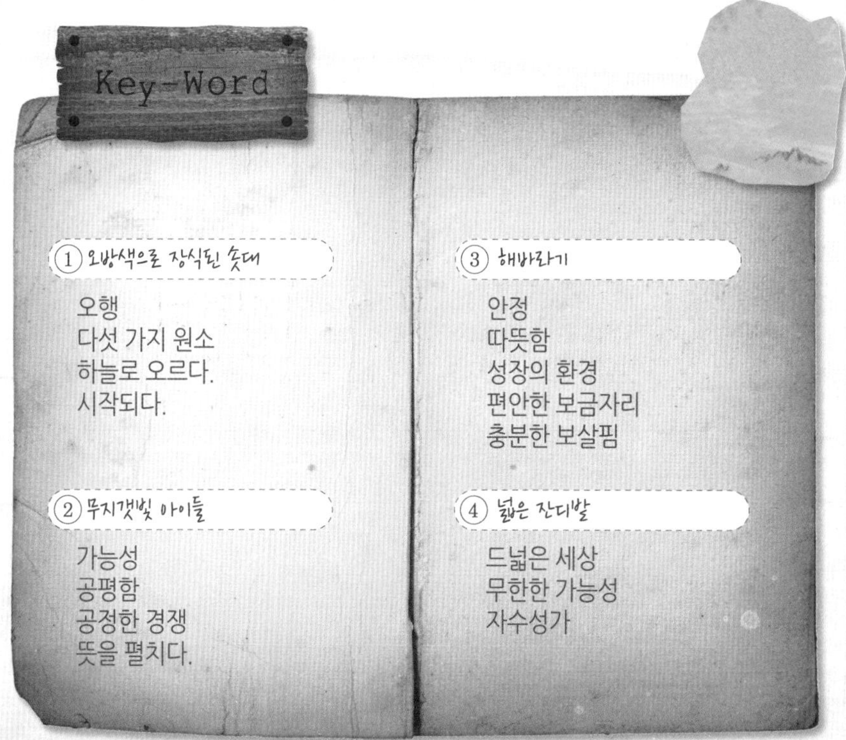

때가 되어 죽은 자 들이 무덤에서 일어납니다. 캄캄한 어둠을 가르며 영혼들이 빛나고 있습니다. 아직 깨어나지 않은 무덤들은 캄캄합니다. 어린영혼도 나이든 영혼도 같은 때를 맞이합니다. 그들은 같은 곳으로 날아갑니다. 마지막 여행이 될 것입니다.

20. Judgement

❶ 어린아이와 젊은 여자와 나이든 남자 유령

죽음은 나이와 관계없이 때가 되면 찾아온다는 것을 상징합니다. 그들은 때의 마지막에 깨어났습니다. 빨리 따라가지 않으면 무리를 놓치게 될 것입니다.

② 묘비에 새겨진 숫자

?-20의 표시는 숫자가 없는 0번에서 20번의 21장의 카드를 뜻하며 20번인 JUDGEMENT를 표현합니다.

③ 날아오르는 유령 무리

기독교적으로 들어올림의 때를 표현합니다. 이는 예정되어 있으나 정확한 시기를 알 수 없는 앞으로 일어날 사건을 표현합니다.

④ 캄캄한 배경

모든 일이 결말을 향해가고 있다는 것을 표현합니다. 완전한 어둠은 아무것도 할 수 없게 하니까요.

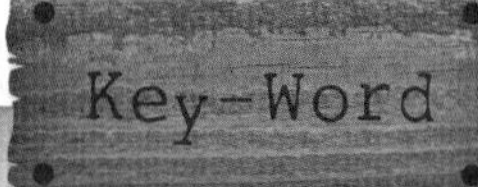

① 어린아이와 젊은 여자와 나이든 남자 유령

판결
대세
규칙
공평

② 묘비에 새겨진 숫자

죽음은 나이를 가리지 않는다.
때의 마지막
마감시한

③ 날아오르는 유령 무리

기다리던 때
예정된 사건
해방되다.

④ 캄캄한 배경

결말
완전한 어둠
내려놓다.
텅 빈 마음
할 일이 없다.

작은 세상은 여섯 배가 넘는 무게를 감당해내고 있습니다. 오랜 시간 밟히고 단단하게 다져진 탓에 세상의 표면은 회색입니다. 회색의 껍질은 빽빽이 둘러싼 건물들에 가려 거의 보이지 않습니다. 세상은 너무 복잡합니다.

21. The World

1 다양한 건물들

초가집에서 빌딩까지 수많은 양식의 건물들은 고유의 언어와 문화를 가진 많은 나라와 민족을 상징합니다. 또한 세상에 존재하는 다양한 감정과 욕구이기도 합니다.

2 거의 보이지 않는 하늘

그림의 외곽에 보일 듯 말 듯 한 좁은 하늘은 복잡한 세상과 한정되어 있는 공간을 표현합니다. 빽빽하게 채워진 사이에 남아있는 작은 빈틈은 완성이 가깝다는 것을 상징합니다.

3 완전한 원형이 아닌 세상

세상은 그곳에 사는 존재에 따라 변화하는 것으로 현재의 세상은 완전한 원형이 아닌 울퉁불퉁한 형태입니다. 압력과 무게를 감당하느라 변화한 것입니다. 세상은 계속 변화합니다.

4 건물 사이사이로 자라는 녹색 나무들

높다란 건물들 사이로 나무와 풀이 자랐습니다. 높은 건물에 맞춰 더 크게 더 높게 자라고 있습니다. 세상의 성장가능성과 지속적인 노력으로 발전하는 인간의 재능을 상징합니다.

Key-Word

① 다양한 건물들

다문화
소유욕
재능
영토
감정
예술적인
목표를 이루다.

② 거의 보이지 않는 하늘

완성
계획
예정
한정

③ 완전한 원형이 아닌 세상

완벽하지 않은
흑백이 아닌 결론
변화
변신

④ 건물 사이사이로 자라는 녹색 나무들

공존
적응
가능성

타로카드를 사용하기 위해서는 카드를 읽고 조언을 할 수 있어야 합니다. 이번 챕터에서는 각각의 카드가 연애와 목표 돈과 관계에 대해 어떠한 조언으로 만들어 질 수 있는지 하나하나 예문을 만들었습니다. 이 곳에서는 카드를 보고 어떻게 조언을 해야 하는지 알 수 있는 시간이 될 것입니다.

ADVICE OF TRICK OR TREAT

FOOL은

연애 에 있어서 **이제 시작인 상황** 입니다. 만나고 세 번 내외. 길어야 한달 이내인 상황입니다. 앞으로 잘 될지 예측 해 보기에는 너무 이릅니다. 물론 서로에게 호기심은 있습니다. 이제 시작인데 잘 하면 되는 게 아닐까요?

가끔은 시작도 하지 않은 상상속의 연애, 혹은 짝사랑일 경우도 있습니다. **시작이나 하세요.** 상대방의 마음이나 취향 같은 것을 하나하나 고민할 시간에 뭐라도 해야 그 사람이 날 좋아하든 싫어하든 할 수 있습니다. 지금은 누군지도 모르는 게 가장 큰 문제니까요.

목표 와 관련된 질문이라면 지금까지 하던 일이 지겨워 다른 것을 하고 싶어 하지만 새로운 일을 **시작하는 것은 망설이고 있는** 상황입니다. 자신감에 넘치는 것처럼 보이는 것은 다른 사람들의 생각일 뿐. 마음속은 두려워하고 있지요?

안 좋은 생각들이 끊임없이 머릿속에 떠오를지도 모르겠습니다. 아무리 계산해도 결과가 좋아 보이지 않을지도 모릅니다. 문제는 **이미 해버리기로 결정한 마음** 이 아닐까요? 지금하지 않으면 나중에 후회할지도 모르기 때문이 아닐까요? 후회할 것 같으면 그냥 하는 겁니다.

돈 과 관련해서는 참 답이 안나오는 카드 중 하나입니다. **앞으로도 돈 나갈 일 은 많은.** 그러나 수입은 한정되어 있는 상황입니다. 끊임없이 따라다니는 지름신! 이걸 봐도 지르고 싶고 저걸 봐도 지르고 싶고 그래서 Fool, 바보카드죠.

그러나 소비는 죄악이 아닌 경제의 씨앗입니다. 결국 **나중에 다 쓸데가 있는 것들** 입니다. 옷은 시간이 지나면 빈티지가 되고 음악은 오래되면 클래식이 됩니다. 그 시간이 문제입니다. 지금 당장은 별로 도움이 되지 않는 상황임을 기억해주세요. 당장 돈이 부족하면 나중일은 나중에 생각해야 합니다.

관계 에 있어서는 언제나 신선함을 유지해야 하는 상황입니다. 조금만 편하게 생각하고 행동하면 실수를 할지도 모릅니다. **긴장해야 합니다.** 나중이 되면 편안한 관계가 될지도 모르지만 아직은 아닙니다. 좋은 관계가 되려면 생각보다 오래 걸릴지도 모릅니다. Fool카드의 숫자는 0입니다. 지금은 0%에서 시작하는 중입니다. 한참 지나야 100%가 되는 것입니다.

모든 관계는 **시간** 과 추억으로 만들어집니다. 아무리 미운사람이라도 추억이 있기 마련입니다. 나쁜 추억도 추억이니까요. 시간이 충분히 지나지 않으면 관계도 완성될 수 없습니다. 한눈에 뿅! 하고 반해서 찰떡같은 사이가 되는 이야기는 동화에나 나오는 겁니다. 탕탕탕!

MAGICIAN은

연애 에 있어서 라면 총알 없는 전쟁! 칼로 물 베는 전쟁! **주도권 전쟁** 입니다. 둘은 서로가 동등하지 않습니다. 균형은 한쪽으로 치우친 상황입니다. 통상적으로는 남자가 주도권을 가진 상황이지만 여자가 연상인 경우는 반대입니다. 상사인 경우도 반대입니다. 치우친 것은 균형을 이루려고 합니다. 안전하지 않습니다. 주도권을 가지지 않은 쪽은 호시탐탐 기회를 노립니다.

내가 주도권을 가지지 않아도 상관없습니다. **연애에서 주도권은 주고 받는 것** 내가 손해 보는 것처럼 보여도 나중에는 돌려받게 됩니다. 그러니까 연애입니다. 팽팽한 줄다리기도 재미있지 않나요?

목표 에 있어서는 **이제 좀 할만한** 상황입니다. 일이 손에도 익었고 계획에도 문제가 없습니다. 주변상황도 한 눈에 보이고 주변 상황이 만만해 보입니다. 심심하기도 합니다. 사람들은 여유가 없을 거라고 생각하겠지만 바쁘다고 딴 짓을 못하는 것은 아니니까요.

그래서 **다른 일을 더 해볼까** 고민일 수도 있습니다. 어쩐지 능력을 썩히는 것 같다는 생각이 드니까요. 다른 일을 더 한다고 반대할 사람도 없습니다. 그만큼의 능력을 가지고 있습니다. 노는 게 싫다는데 어쩌겠어요?

돈 과 관련해서는 **충분히 가지고 있거나 앞으로 생길 것** 이니 걱정하지 않아도 된다는 뜻입니다. 쪼들리더라도 필요한 만큼은 벌 수 있는 상황입니다. 솔직히 걱정도 하고 있지 않습니다. 돈에 있어서만큼은 태연자약합니다. 돈 걱정은 원래 능력 없는 사람들이 하는 거라고 생각하고 있는 건가요?

다 가진 것처럼 보여도 가지고 싶은 것은 끊임없이 생기는 법입니다. 그 **욕심** 이 힘이고 의지가 됩니다. 나쁜 것이 아닙니다. 끊임없이 샘솟는 생각을 가지고 있기 때문에 소원을 이룰 수 있는 것이지요.

관계 에 있어서는 **대중 속의 고독을 느끼는** 상황입니다. 가끔은 홀로 있는 것을 즐겨도 좋지만 많은 사람들 사이에서 속을 터놓을 사람이 없다는 것은 문제가 아닌가? 고민하고 있지는 않은지요? 고민할 필요 없습니다. 복잡한 생각을 하고 있다는 것 자체가 특별하다는 뜻이니까요. 특별한 사람은 사람들이 부러워하는 대신 외롭습니다.

인기인은 그런 법입니다. 스스로 불편함을 느끼지 않는다면 괜찮습니다. 하지만 마음이 괴롭다면 상황을 바꿔야 합니다. 관계의 시작은 배려입니다. **주인공을 양보 한다면** 주변에 친구가 생길지도 모르겠습니다. 외로운 것은 비슷한 사람을 찾지 못했기 때문입니다. 없다면 만들면 됩니다. 주변사람이나 동료 중에서 마땅한 사람이 없다면 어린 사람을 가르치는 것은 어떤가요? 친구가 힘들면 제자를 만들어도 괜찮습니다. 그 제자가 성장하면 동반자가 될 테니까요.

HIGH PRIESTESS는

연애 에 있어서 **선택당하고 싶다** 는 수동적인 태도를 취하는 상황은 연애의 전망이 밝은 것은 아닙니다. 진짜 인연이라면 내 눈앞에 나타나 내가 반하게 해 줄 것이라고 생각한다면 영화나 드라마를 조금 줄이셔야겠습니다. 그런 일은 현실에서는 잘 일어나지 않습니다.

가끔은 **두 사람의 사랑을 받는 상황** 일 수도 있습니다. 여전히 수동적인 태도를 취하고 있다면 하나를 선택하지 않아 골치 아픈 상황에 놓여 있을 수도 있겠습니다. 둘이 싸워서 이긴 사람이 공주를 차지하게 내버려 두시겠습니까? 잘생긴 쪽이 이기기를 빌어드리겠습니다.

목표 에 있어서는 **조용히 노력하는 상황** 이니 하던 대로 하면 되겠습니다. 잘못된 길로 가는 중은 아닙니다. 나쁜 친구나 유혹은 조금 더 있어야 작용할 것입니다. 아직은 잘 하고 있는 중입니다. 앞으로가 더 중요합니다.

유혹은 없지만 **끊임없는 고민하는 상황** 입니다. 잘 하고 있는지, 이대로도 괜찮은지 스스로에게 끊임없이 묻고 있다면 정상입니다. 어떤 일이든 인생을 걸고 하는 일입니다. 내 인생인데 조심스러운 것이 당연합니다. 스스로에게 끊임없이 질문하는 것은 좋은 일입니다. 그래야 잘못 되었을 때 바로 알 수 있습니다.

돈 과 관련해서는 **수입과 지출의 균형은 맞는 상황** 입니다. 남아서 저축을 하는 상황은 아니지만 이전과 비교해서 더 힘들거나 빡빡하거나 더 모자란 상황은 아닙니다. 현실적으로는 그렇지만 마음은 그렇지 않습니다. 왠지 부족하게 느끼는 중입니다.

꼭 써야 할 곳에 필요한 돈은 가지고 있습니다. 재물이 부족하게 느껴지는 것은 다른 생각에 빠져있기 때문입니다. 요즈음 부쩍 **많은 시간을 친구와 함께 보내고 있는 것** 은 아닌가요? 다른 사람과 시간을 함께 보낸다면 예상보다 많은 돈이 소비되기 마련입니다. 소소하게 나가는 돈들이 모이면 많아집니다. 하지만 방법은 없습니다. 친구 없이 세상을 살아갈 수 없으니까요.

관계 에 있어서는 바람직한 상황입니다. **진짜 친구를 가지고 있습니다.** 거지꼴을 하고 찾아가더라도 재워주고 비상금을 꿔줄 정도의 친구가 있다면 인간관계는 성공적입니다. 오랜 시간을 함께 보낸 나를 아는 친구가 있다는 것은 좋은 일입니다.

친구가 아닌 관계들도 나쁘지 않습니다. **적정한 선을 유지** 하고 있으니 당신을 나쁘게 볼 사람은 없을 것입니다. 당신은 편안한 사람은 아니지만 만만한 사람도 아닙니다. 그것이면 충분합니다. 관계란 적정한 선을 유지하는 것이 제일 중요합니다.

EMPRESS는

연애 에 있어서 **존중받고 있는 행복한 상황** 입니다. 물론 존중을 넘어서 어려운 상대가 되면 곤란합니다. 좋아하는 게 아니라 존경하는 것은 사랑이 아니니까요. 지금은 딱 좋을 정도로 존중받고 있습니다.

흠잡을 데가 없는 상대 가 이상하다는 느낌이 들 수도 있습니다. 사람이라면 실수도 해야 하는데 너무 완전무결한가요? 내가 진짜 사람과 연애하고 있는지 가끔 의심이 생기나요? 그는 당신 앞에서만 완벽한 사람입니다. 그는 편안한 친구들 앞에서는 치아에 김을 붙이고 영구흉내를 낼 수 있는 사람입니다. 상상속의 사람과 연애하고 있는 것이 아닙니다. 걱정하지 않아도 됩니다.

목표 와 관련해서는 **홀로 앞서고 있는 상황** 이니 좋습니다. 아직 경쟁자는 근처에 보이지 않습니다. 혼자만 할 수 있는 일인가요? 그렇다면 당분간은 걱정하지 않아도 좋습니다. 경쟁자는 하루아침에 생기는 것이 아니니까요.

지루하다고 생각하고 있지 않다면 **안정된 상황** 입니다. 모든 것이 손안에 있습니다. 원하는 것을 구할 수 있습니다. 편안한 것을 좋아하고 게으름부리는 것에 죄의식을 가지고 있지 않다면 휴식을 즐길 시간입니다. 노는 것에 익숙하지 않은 사람이라면 이 안정된 상황이 불편할 수도 있습니다. 불편하면 과감하게 떨치고 일어나면 됩니다. 상황은 바뀝니다.

돈 이라면 **돈의 흐름을 좌우하는 상황** 입니다. 돈을 싫어하지 않고 원한다면 얼마든지 더 많이 끌어당길 수 있습니다. 집이나 차 화장품이나 보석이 아니라 돈 그 자체를 원하면 됩니다. 구체적으로 돈을 원하면 돈이 주어집니다. 금전과 관련된 좋은 운이 함께 하고 있습니다.

돈을 원하지만 많은 돈을 가진 사람들을 싫어한다면 상황이 달라집니다. **돈에 대한 죄의식** 을 가졌다면 돈은 찾아오지 않습니다. 돈을 좋아하고 많은 사람들을 존경한다면 돈은 생기기 시작합니다. 세상의 모든 돈은 좋아하는 사람에게만 찾아갑니다. 충분한 돈을 가지고 싶다면 돈 그 자체를 원해야 합니다.

관계 에 있어서 **주도권을 가진 사람으로 많은 사람들이 따르고 있는 상황** 이지만 스스로는 마음의 불안함을 가지고 있습니까? 이 사람들이 진짜 나의 편인지 확인하고 싶은 마음이 있나요? 지금은 확인할 때가 아닙니다. 걱정스러운 마음에도 불구하고 지금은 문제가 없기 때문입니다.

관계를 점검하고 싶다면 **약한 상태가 되거나 약한척해야 합니다.** 완전한상태가 아닐 때 타인은 나에게 본모습을 드러냅니다. 관계가 굳건하다면 당신이 생각하는 누군가는 당신을 위로해주고 도와줄 기회를 얻게 됩니다. 그렇게 서로 돕고 사는 것이 세상이니까요. 약할 때 돕지 않는 사람은 진짜 친구가 아닙니다. 아깝지만 그런 사람은 정리해야 합니다.

EMPEROR는

연애 에 있어 다른 카드에서는 주도권을 가진 상태를 의미하는 것이 황제 카드입니다. 그런데 트릭트릿에서는 의미가 조금 다릅니다. **눈치작전 중인 상황** 입니다. 서로 할 말이 가득 쌓여있는데 누가 터뜨리나 기다리는 중입니다. 연애 중에는 먼저 입을 열어 싸움을 시작하는 사람이 패배하는 경우가 많기 때문입니다. 이것은 말 안하기 게임입니다.

하고 싶은 말을 참고 있는 상황 이라면 한번 참은 말은 끝까지 하지 않는 것이 좋습니다. 참고 있던 순간이 말을 해야 하는 타이밍입니다. 이제 지난 일이 되었습니다. 지난 일을 들추면 연애는 파국을 향해 치닫게 됩니다. 헤어지고 싶지 않다면 끝까지 참아야 합니다.

목표 와 관련해서는 이미 **1단계 목표는 달성한 상황** 입니다. 이제는 경험이 쌓여 판단력이 상승한 상태입니다. 지금부터 세부적인 과정을 수정해야겠다는 생각을 하고 있을지도 모릅니다. 좀더 효율적이고 확실한 방법이 떠오르고 있지 않은가요?

지금 생각하고 있는 계획이 원래의 목표를 방해하는 딴 짓이 되어버리는 게 아닐까 **고민하고 있는 상황** 일지도 모르겠습니다. 처음 계획이 가장 좋은 계획일지도 모르니까요. 하지만 이것도 경험입니다. 경험은 좋은 결과를 부르는 양분이라는 것을 기억해주세요.

돈 과 관련해서는 **쓰는 것을 망설이는 상황** 일 수 있습니다. 지금은 풍족하지만 쓰다보면 꼭 필요할 때 부족하지 않을까 걱정을 하고 있습니까? 절약도 때에 따라서는 좋은 방법이 아닌 경우도 있습니다. 일을 시작하거나 발전하는 시기에는 누구나 많은 돈을 씁니다. 원래 그렇습니다. 지금 지출의 양은 매우 적당합니다. 적절한 곳에 돈을 쓰고 있습니다.

반대로 돈이 **나가야할 곳은 많은데 결정을 하지 못해 제대로 쓰지 못하고 있는 상황** 일 수도 있습니다. 항상 하는 말이지만 당신의 판단이 가장 옳은 판단입니다. 어차피 나가야 할 돈이라면 빨리 나가는 것이 비용을 줄이는 방법입니다.

관계 에서라면 어차피 **다른 사람들과는 떨어져 있어야 하는 상황** 입니다. 이전에 함께 하던 사람들과 현재가 다르기 때문입니다. 생각이 다르고 위치가 다르고 입장이 다릅니다. 이해받기 힘들 때는 떨어져 있는 것이 안전합니다. 억지로 키를 잘라 같은 사람이 되려고 하고 있나요? 좋은 생각은 아닙니다.

외로움이 싫어서 억지로 무리들 속으로 들어가려고 한다면 **상황이 바뀌어버립니다.** 선택하는 사람에서 선택을 기다리는 사람이 됩니다. 관계에서 기다리는 사람은 약자입니다. 사람들이 기다리고 있는 것은 당신. 강자에서 약자가 되고 싶은 것이 아니라면 억지로 관계를 만들려고 하지 않는 것이 좋습니다. 억지로 만든 관계는 상처를 남기고 금방 부서지기 때문입니다.

HIEROPHANT는

연애 에 있어서는 **조언자로 이름나 있지만 정작 자신의 연애는 잘 되지 않는 상황** 일 수 있습니다. 타인의 말에 집중하는 성향 때문입니다. 경청하는 자세는 좋은 것이지만 듣기만 하는 사람과 연애하는 사람은 힘이 듭니다. 가끔은 의견을 말해야 합니다.

반대로 **내의견이 가장 가치가 있다고 생각하고 있는** 경우도 좋은 것은 아닙니다. 이 경우에도 연애는 힘들어 집니다. 바른말만 하는 사람은 선생님이나 보호자여야 합니다. 함께하고 있는 사람이 힘들어 하고 있을지도 모릅니다. 잔소리는 그만 하는 것이 좋겠습니다.

목표 와 관련해서는 **동반자가 마음에 들지 않는 상황** 일 수 있습니다. 괜찮습니다. 스스로의 능력이 충분하기 때문에 충분히 이끌 수 있습니다. 마음에 들지 않는다고 해도 어쩔 수 없습니다. 파트너에게는 좋은 운명입니다.

평생의 목표를 정하고 꾸준히 나아가는 상황이라면 동료의 마음가짐과 능력이 소원을 이룰 수 있는 때를 바꾸는 도움이 됩니다. **함께하는 사람들을 변화시켜야 하는 상황** 입니다. 같은 생각과 마음을 가지도록 만들 수 있다면 목표에 더 빨리 도달할 수 있습니다.

돈 이라면 **얼마든지 벌 수 있지만 벌고 싶은 마음이 없는 상황** 입니다. 제일 중요한 것이 돈은 아니라고 생각하고 있기 때문입니다. 돈 말고도 신경 써야 할 것들이 많이 있습니다. 세상이 제대로 돌아가게 하려면 어떤 사람들은 돈 말고 더 중요한 것에 집중해야 한다고 생각하는 것은 아닌지요.

반대로 돈을 벌고 싶은데 **주변의 시선 때문에 돈을 버는 일에 집중하지 못하는 상황** 일 수 있습니다. 돈을 좋아한다는 것을 보여주고 싶지 않은 것이지요. 물질적인 것을 초월했다고 사람들이 생각하는 것과 황금 중에 무엇이 더 좋은가요. 좋은 것을 하는 게 좋습니다.

관계 와 관련해서는 **의외의 모습을 알고 있는 친한 사람은 있습니다.** 많은 사람과 가깝게 지내지는 않지만 적은 사람과 깊게 사귀고 있으니 관계의 한쪽면만 본다면 나쁘지 않습니다. 홀로 외로운, 최악의 상황은 아닙니다.

대부분 **도와주는 쪽이 되는 상황** 은 문제가 있다고 볼 수 있습니다. 관계란 주고받는 것이 균형입니다. 같은 양을 주고받아야 하는 것은 아니지만 한쪽만 주는 입장인 것은 공평하지 않습니다. 마음의 상처로 돌아오기 전에 받고 싶다는 것을 표현해 보는 것이 좋겠습니다. 받으려고 안 해서 오히려 섭섭했다는 소리를 듣지 않으려면 말입니다.

LOVERS는

연애 에 있어서 최고의 카드입니다. **사랑에 빠져있는 상황** 이기 때문입니다. 서로에게 관심을 가지고 가까이 하고 싶어 하고 있다는 뜻이니 상대방이 있을 때는 가장 좋은 카드라고 볼 수 있습니다.

그러나 상대방이 없는 상태라면 **남의 연애만 부러워하는 상황** 일 수도 있습니다. 특히 잘되어가는 다른 사람들의 연애 때문에 기준만 높아진 상황일 수 있습니다. 연애에 대한 환상이 너무 크면 시작이 힘들어 집니다. 연애의 과정은 모든 사람이 다릅니다. 다른 사람 같은 연애를 꿈꾼다면 드라마속의 연애를 이루고 싶어 하는 것과 무엇이 다른가요?

목표 와 관련해서는 **아슬아슬하게 이루어지기 직전의 상황** 입니다. 결론이 바로 눈앞에 보이기 때문에 흥분하고 있습니다. 이루어질 듯 말 듯 해서 마음이 타들어 가고 있습니다. 참아주세요. 금방 이루어 집니다.

이럴 때가 **가장 위험한 상황** 입니다. 눈앞에 보이는 단 것 때문에 주변의 상황을 보지 못하기 때문입니다. 방해자가 나타나도 깨닫지 못할 수 있습니다. 조심해야 합니다. 목표를 눈앞에 두고 있는 것은 나 혼자 만이 아니기 때문입니다.

돈 문제라면 **눈치 채지 못하게 돈이 흘러나가고 있는 상황** 일 수 있습니다. 무엇에 집중하고 있는지 모르지만 정신 바짝 차려야 파산하지 않을 수 있습니다. 통장의 잔고와 지출을 계산해 보는 것을 추천합니다. 꼼꼼하게 확인하면 필요 없는 지출은 막을 수 있습니다.

금전적으로 위기감을 느끼는 상황 일 수 있습니다. 좋은 소식부터 전해드린다면 위험한 상황이 오래지속 될 것으로 보이지는 않습니다. 얼마나 버틸 수 있을지 걱정된다면 최대한 지출을 줄이는 것만이 해답입니다. 잔고가 바닥을 보이고 있는 상황입니다. 한 푼도 쓰지 않는다면 버텨낼 수 있습니다.

관계 의 문제는 어렵지 않게 해결될 수 있습니다. **먼저 나서서 손 내밀면 되는 상황** 이기 때문입니다. 서로 같은 생각을 하는 중입니다. 내가 먼저 잡아도 될까 고민하는 중입니다. 먼저 하는 사람이 이기는 사람입니다. 마음에 걸리고 불편한 사람이라면 더더욱 그렇습니다.

가까이 하고 싶은 사람이 있다면 조금 시간을 두는 것이 좋겠습니다. **아직은 조심스러운 상황** 이기 때문입니다. 인간관계를 새롭게 만드는 것 보다 먼저 해결해야할 다른 문제들이 있습니다. 취업을 하거나 시험을 준비하거나 통장잔고가 부족하거나 등등의 사소하지만 당장 해결해야 할 중요한 문제들이 먼저입니다. 미룬 것들은 나중에 관계에서 방해로 작용하게 될 수 있기 때문입니다.

CHARIOT는

연애 를 하는 중이라면 **상대방의 생각은 안중에도 없이 자신의 마음만 밀고 나가는 상황** 입니다. 순서대로 차근차근 진행할 정도로 마음이 여유롭지 않기 때문입니다. 빨리 마음을 보여주지 않으면 기회가 없을지도 모른다고 생각하고 있는 것이 아닌지요.

짝사랑이 아니라도 **일방적인 행동을 하는 상황** 이라면 관계가 깨어질 가능성은 높아집니다. 연애란 서로에게 맞춰가는 과정입니다. 이 과정이 없으면 관계가 견고해지지 못할 수 있습니다. 생략할 수 있는 과정은 없습니다. 모든 일에는 단계가 있고 차근차근 밟아야 문제가 생기지 않습니다.

목표 와 관련해서는 **한 가지 목표를 향해 집중해서 나아가는 상황** 이니 나쁘지 않습니다. 그대로 간다면 가장 먼저 도착하는 사람이 될 수 있습니다. 속도에 있어서는 누구도 경쟁자가 되지 못합니다.

도착만 빨리한다고 성공할 수 있다면 지금 미래는 밝습니다. 속도를 제외한 다면 **꼼꼼함이 부족해 놓치는 것이 많은 상황** 일 수 있습니다. 이런 경우는 일을 마무리 짓더라도 손해가 생길 수 있습니다. 장애물이 앞을 가로막을 경우 빠른 속도로 달린다면 넘어질 수 있기 때문입니다. 조금만 속도를 조절한다면 장애물도 웃으며 넘길 수 있습니다. 그게 진짜 목표달성이 아닐까요?

돈 과 관련해서는 **모르게 돈이 흘러나가는 상황** 입니다. 목표에 집중하는 사이 주변상황의 변화를 민감하게 느끼지 못하고 있기 때문에 그때그때 문제를 해결하지 못하고 있습니다. 예상보다 많은 지출을 막지 못한다면 벌어도 수익이 없는 상황이 되어버립니다.

버는 속도로 돈을 쓰고 있는 상황 일 수도 있습니다. 이 경우는 조금만 신경 쓴다면 지출을 줄이거나 늦출 수 있습니다. 아직은 가능합니다. 비용의 속도가 수입의 속도 보다 빨라지면 지출을 감당하지 못하게 될 수도 있습니다. 지금이 타이밍입니다. 장부를 점검해야 합니다.

관계 에 신경 쓰지 않아서 **친밀한 관계가 존재하지 않는 상황** 일수도 있습니다. 바쁜 사람은 다 그렇다거나 수험생은 다들 그렇다고 변명하고 있으면 상황은 나아지지 않습니다. 혼자 끌고 있어서 짐이 무겁고 힘든 것이 아닐까요? 동료가 있다면 조금은 쉬워집니다. 사람이 귀찮더라도 고민해 보는 것이 좋습니다.

평소에 행동이 너무 특이해 주변사람들에게 **이해하기 힘든 사람이 되어있는 상황** 은 아닌가요? 선구자 노릇도 좋지만 너무 앞질러 가면 외로운 사람이 되어버립니다. 외로움을 즐기는 예술가 타입이라면 고독이 중요한 경험이 되지만 일반인이라면 외로움은 견딜 수 없는 고통이 될 수도 있습니다. 지금 외로움을 느끼고 있다면 스스로의 행동을 바꾸기 위해 노력해야 합니다.

JUSTICE는

연애 에 있어 **콧대가 높다는 이야기를 듣는 상황** 일 수 있습니다. 상대방을 세심하게 판단하기 때문입니다. 하나하나 장점과 단점을 꼽아보는 것은 당연합니다. 그러나 흠이 없는 사람은 많지 않기 때문에 맞는 사람을 찾기란 매우 힘든일이 될 것입니다.

두 사람 사이에 놓인 상황 일 수도 있습니다. 둘 중 하나를 결정해야 하거나 둘 중 하나가 스스로 포기하기를 기다리고 있다면 사람들은 양다리라고 볼 것입니다. 판단을 하기 위해 시간이 좀 더 필요하다고 생각하거나 결론을 기다리고 있는 중이라면 빨리 결정하는 것이 좋습니다. 고민이 길어지면 둘 다 포기하게 될 수도 있으니까요.

목표 와 관련해서는 **잘 해나가고 있는 상황** 입니다. 특별한 문제가 없는 것은 과정을 성실하게 이행했기 때문입니다. 꼼꼼한 일처리가 주변사람들로부터 좋은 평가를 받게 되는 것은 당연합니다. 이것은 노력의 결과입니다.

목표자체가 흔들리고 있는 상황 이라면 고민해 볼 필요가 있습니다. 지금까지는 집중하고 노력했기 때문에 잘 된 것입니다. 두 가지 일을 동시에 하거나 다른 일을 생각한다면 집중 할 수 없습니다. 지금까지 해온 것처럼 계속 잘 하고 싶다면 고민을 빨리 끝내야 합니다.

돈 에 대해서 잘 알고 있기 때문에 **다음달 수입이 들어오기 전에는 이달의 지출을 하지 않는** 계획적인 지출을 하는 상황입니다. 지출이 지나쳐 돈이 부족했을 때 얼마나 답답한 상황이 되는지 경험으로 알고 있기 때문입니다. 주변 사람들은 그런 모습을 보면서 소심하다거나 쪼잔 하다고 말 하겠지만 겨울이 되면 여름에 놀았던 베짱이를 비웃을 수 있는 개미가 될 것입니다.

아슬아슬하게 균형을 맞추고 있는 상황 일 수도 있습니다. 스스로는 불안하고 잘못될까 고민하겠지만 잘 하고 있습니다. 상황이 나빠서 불안한 것으로 본인의 잘못이 아니기 때문입니다. 상황이 개선되면 통장잔고는 바로 바뀔 것입니다. 그 때가 된다면 아슬아슬 했던 지금을 잊지 말아 주세요.

관계 에 있어서 **선을 넘길 원하지 않는 상황** 이라서 주변의 질타를 받고 있을 수 있습니다. 다른 사람들은 충분히 가까운 관계라고 생각하기 때문입니다. 너무 까다롭습니다. 새로운 인간관계라면 머리로 생각한 것이 정답이 아닐 때도 있습니다.

반대로 **선을 넘나드는 상황** 일 수도 있습니다. 이 정도는 괜찮다고 생각하고 있지만 상대방은 상처받은 게 아닌지 확인해 보는 것이 좋겠습니다. 마음의 문은 억지로 여는 것이 아니라 열려있는 문도 노크하고 들어가야 하는 개인적인 공간입니다. 같은 동아리라서, 같은 회사에 다녀서, 같은 학교라서, 가족이라서 실수하는 경우가 많습니다. 실수했다고 느낀다면 지금도 늦지 않았습니다. 노크! 잊지 말아주세요.

HERMIT의

연애 는 **답답하고 힘든 상황** 입니다. 조금만 가까이 다가오는 사람이 있으면 이건 아닌 것 같다는 말로 도망치기 때문입니다. 일부러 그렇게 하는 것은 아닙니다. 관계가 답답하고 불편해져서 고민이 커지면 도망치기로 결정합니다. 버티기 힘들기 때문입니다.

결혼 같은 미래에서 도망가려고 하는 것은 아닙니다. 다만 비슷한 사람만 만나게 되는 것이 힘듭니다. 새로운 사람을 만나고 싶습니다. 그렇다면 **지금까지의 연애는 완전히 잊어야 하는 상황** 입니다. 자꾸 되짚어보기 때문에 반복되는 것입니다. 아예 생각하지 않아야 새로운 연애를 할 수 있게 됩니다.

목표 가 **가까이에 있는 상황** 입니다. 잘 알고 있습니다. 집중하지 못하는 것은 목표가 멀리 있다고 생각해서가 아닙니다. 너무 먼 길로 돌아왔다고 생각하기 때문입니다. 나만 이렇게 힘들게 해내고 있는 것은 아닐까 억울해하고 있는 것은 아닌지요? 그렇지 않습니다. 다들 힘들게 목표에 도착합니다.

그만하고 싶다고 생각하고 있는 상황 은 이해합니다. 경쟁자가 많거나 확률이 적거나 이유는 다양합니다. 뒤도 돌아보지 않을 자신이 있다면 그만하는 것도 좋은 생각입니다. 반대로 후회할 것 같다면 해야 합니다. 그만두고 싶지 않기 때문에 후회할 것 같은 마음이 드는 것이니까요.

돈 을 **많이 쓰는 것은 아닌데 상 부족한 상황** 이라면 다른 사람들을 따라하는 것을 멈춰야 합니다. 타인을 기준으로 지출을 결정하기 때문에 발생하는 문제입니다. 모든 일을 남의 시선을 기준으로 결정하면 마지막에는 내가 아닌 껍데기만 남게 됩니다. 마음은 허전하고 빈 통장잔고만 남는 건 슬픈 일이 아닐까요? 이런 상황일 때 가장 좋은 방법은 혼자만의 시간을 가지는 것입니다. 의외로 혼자가 편할 때도 있답니다.

내가 비용을 지불하게 만드는 주변사람이 있는 상황 은 아닌가요? 얼른 도망가세요. 마음에서 우러나와 주고받는 것이 아니라 생각지도 못한 지출을 하게 만드는 사람은 위험합니다. 제어되지 않는 모든 것은 걸림돌이 될 수 있습니다. 그 걸림돌은 나를 넘어지게 만듭니다. 다치는 것도 아픈 것도 내가 됩니다.

관계 인간관계에 대해서라면 **생각하고 싶지도 않는** 상황인가요? 이해합니다. 세상은 너무 복잡하고 그중에서도 가장 복잡한 것이 인간관계니까요. 쉬어야 할 때입니다. 지금은 결론을 내릴 수 있는 상황이 아닙니다.

내가 모르는 곳에서 내 얘기를 하고 있는 것이 아닌지 의심되는 상황 이라면 그런 관계는 조심스럽게 발을 빼는 것이 좋겠습니다. 의심을 하게 된다는 것 자체가 서로에 대한 신뢰가 없다는 뜻입니다. 이미 금이 간 관계를 되돌리기 위해서는 시간과 노력이 필요합니다. 금쪽같은 시간을 투자하기에는 너무 지쳐있습니다. 정리하고 쉬도록 합시다.

WHEEL OF FORTUNE 의

연애 는 **정열적** 입니다. 태도는 훌륭합니다. 연애는 이래야 합니다. 사랑을 위해 죽음에도 뛰어들 수 있는 의지. 칭찬해 주고 싶을 정도로 멋집니다. 이런 사랑은 결과를 얻습니다. 모든 것을 포기하고 하나에만 매달리면 소원은 이루어집니다.

이루어지지 않는 소원도 있습니다. **상상연애** 는 이루어지지 않는 경우가 많습니다. 환상 속에서 모든 일을 다 할 수 있기 때문입니다. 상상에 너무 많은 에너지를 쓰기 때문입니다. 그런 사람을 만난 것도 운명입니다. 왕자님을 그림 속에서 꺼내 키스하고 싶다면 움직여 주세요. 상대방에게 인사하고 선물하고 도와주고 웃어주세요. 그래야 현실이 됩니다.

목표 는 **이루어집니다.** 운명적으로 그렇게 되어 있습니다. 운명의 수레바퀴는 조금 늦게 도착하기도 하지만 길을 잃거나 하는 일은 일어나지 않습니다. 목표를 정하는 순간 운명도 정해지기 때문입니다. 목표를 변경하거나 바꾸는 일이 없으면 모든 일은 반드시 이루어집니다. 생각이 핵심입니다. 자나 깨나 생각하고 원하면 됩니다.

목표를 사랑하지 않으면 이루어지지 않습니다. 대학에 가고 싶으면 대학생을 동경해야 하고 부자가 되고 싶으면 부자를 사랑해야합니다. 땅부자가 되고 싶으면 흙바닥에 키스할 준비가 되어있으면 됩니다. 아니라면 이루어지지 않습니다.

돈 과 관련된 질문의 대답은 간단합니다. **돈은 순환합니다.** 꼭 쥐고 있다고 아주 많은 돈을 벌 수 있는 것은 아닙니다. 뿌린 씨가 열매를 거둘 수 있을 정도의 씨는 뿌려주어야 합니다. 그리고 충분한 시간이 필요합니다. 돈은 다시 되돌아오기 까지 걸리는 시간은 주변상황에 따라 달라지지만 돌아옵니다. 돈은 버리는 것이 아니라 순환시켜야 합니다.

돈은 짧은 시간 안에 성장하지 않습니다. 돈은 충분한 시간이 지나야 가질 수 있습니다. **금방 가지게 되는 돈은 가짜** 입니다. 도박, 복권, 주식, 투자사기, 모두가 단기간에 빠른 돈을 원하는 사람들이 즐겨하는 것들입니다. 성공하는 사람이 거의 없는 이유는 0%에 가까운 성공률 때문입니다. 거의 대부분은 가짜이기 때문에 손에 돈을 쥘 수 없습니다. 결국엔 사라집니다.

관계 는 어렵습니다. **운명의 상대가 나타나도 붙들지 않는** 다면 꿈속의 상대가 될 뿐입니다. 모든 것을 운명에 맡기면 편안하게 살 수는 있지만 즐겁게 살 수는 없습니다. 행동하지 않으면 어떠한 일도 일어나지 않습니다.

운명의 수레가 보여주는 관계는 두 가지 선택입니다. 처음부터 두 사람과 연애중일 수도 있고 복합적인 관계의 선택에 놓여있을 수도 있습니다. 경계선에 있으면 위험합니다. **한번에 하나라는 규칙** 만 기억하면 됩니다. 두 갈래의 길을 한꺼번에 갈 수는 없습니다. 나머지 하나에 대한 아쉬운 마음은 버려야 합니다. 그게 운명입니다.

STRENGTH는

연애는 **무지합니다. 경험도 없고 생각도 없습니다.** 남들이 하고 있으니 나도 애인이 있어야 한다고 생각합니다. 주변에서는 너 정도면 충분히 자격이 있다고 부추깁니다. 결국은 잘 모르는 사람과 테이블 앞에 마주 앉게 됩니다. 왕자인지 거지인지는 나중에 알게 될 것입니다.

지금까지 하지 않았던 일을 할 때는 **조심해야 합니다.** 연애에 대해서 잘 모른다고 생각한다면 사소한 일부터 해내야 합니다. 스무 살이 넘었다고, 서른 살이 넘었다고 그냥 잘하게 되는 것이 아닙니다. 힘들다면 가벼운 미소부터 시도해 보는 것이 어떨까요? 걸음마부터 시작하는 겁니다.

목표 를 이루기 위해서 **상세한 정보가 필요한 상황** 입니다. 앞으로도 많은 시간과 노력을 기울여야 합니다. 그런데 현실을 잘 모르고 있는 것은 아닌지 의심스럽습니다. 지나치게 흥분하고 있는 것은 아닌지요? 마음을 가라앉히고 계획을 검토해야 합니다. 인생이 걸린 일입니다. 쉽게 결정할 문제가 아닙니다.

지금은 어설퍼 보이는 초보입니다. 미래에는 능력을 갖추게 될 것입니다. 타고난 재능도 있습니다. 나중에는 **책임지는 방법을 알게 되고 잘하게 될 것** 입니다. 그 때까지는 땀 흘리며 노력해야합니다. 스스로 해야 하는 일입니다. 누구도 대신 해주지 않을 것입니다.

돈 을 쓰는 일이 손이 떨릴 정도로 무섭다면 경제권을 가지는 일은 바람직하지 않습니다. 용돈을 받아 생활하던 대학생이 첫 월급을 받고 자신의 통장을 가지게 되었을 때와 비슷합니다. **어디에 쓰는 것이 좋을지 몰라서 괴로운 상황** 일 수 있습니다.

갑자기 주어진 경제적인 자유가 부담스럽다면 권력을 포기하는 것이 좋습니다. **제대로 쓸 줄 모르면 다칠 수도 있는 위험한 것이 돈** 이기 때문입니다. 돈은 아예 없는 것이 더 나을 수도 있습니다. 강도는 가난해 보이는 사람을 칼로 위협하지 않습니다. 부자가 강도를 당하는 법입니다.

관계 의 문제에서 **누군가의 속을 몰라 답답** 한 마음이라면 노력하지 않아서가 아니라 잘못된 곳을 보고 있기 때문입니다. 선입견을 가지고 보고 있거나 눈높이가 다른 것입니다. 알고 싶다면 같은 마음이 되어야 합니다. 같은 곳을 보고 같은 것을 생각해야 마음을 알 수 있습니다. 관계라는 것은 그런 것입니다. 같은 점이 있는 사람들이 서로의 동일한 부분을 깨닫기 까지는 많은 시간이 걸립니다. 답답한 건 급하게 생각하기 때문이 아닌가요?

상대방에 대해 알아야만 관계를 발전시킬 수 있는 것은 아닙니다. **결정권이나 주도권은 당신에게 있습니다.** 어느 쪽으로 갈지 결정만 하면 됩니다. 결정한 대로 밀고 나가면 어느새 상대방은 내 곁에 있을 것입니다. 관계 또한 힘의 균형의 문제입니다. 힘은 당신에게 있습니다.

HANGED MAN은

연애 에서 **헤어짐을 반복하지만 관계는 지속되는 연인** 을 보며 우리는 매일 싸우려면 차라리 헤어져 라고 말하지만 그들은 어떻게 헤어질 수 있냐고 대답합니다. 이들은 아슬아슬하게 매달려 있으나 그것을 즐기고 있습니다. 서로에게 긴장감을 유지하고 사건을 통해 관계의 문제를 해결하기 때문에 서로에 대한 신선함이 유지됩니다. 주변에선 정말 이해 못할 노릇이지요.

여러모로 연애가 지속될 가능성에 대해서라면 **아주오래 지속될 관계** 를 뜻하게 됩니다. 서로가 번갈아서 매달려 있기 때문에 관계가 끊어지지 않을 수 밖에 없지요. 항상 서로 사랑하는 것이 아니라 시소에 올라간 어린아이들처럼 애정의 크기를 주고받게 됩니다. 그래서 세상을 시끄럽게 합니다.

목표 와 관련되어서는 **장기간의 노력을** 들인 상황일 수 있습니다. 12는 일년을 뜻하는 숫자이고 하루의 시작과 끝날 나타내는 숫자이기 때문입니다. 하루를 다 끝내는 동안 또는 일 년의 시간을 모두 들인 다음 상황이 되는 것입니다.

타인과 비교하여 평균이상의 시간을 목표에 도달하기 위해 사용한 상황이라면 **목표가 가까이 있다** 는 뜻이 되지만 노력을 다하지 않은 경우는 힘과 에너지를 지칠 때 까지 사용해야 한다는 뜻이니 보통은 더 노력해야 한다는 뜻이 됩니다. 더 노력해야 한다니 듣기만 해도 벌써부터 지치네요.

돈 이라면 사회적으로 **작지만 지속적인 수입** 을 가진 성실한 사람으로 평가를 받는 상황입니다. 공무원을 좋은 직업으로 평가하는 것은 지속적인 수입과 연금 때문이지요. 남의 돈을 받는 게 어렵지만 제일 편하더라는 말은 괜히 있는 것이 아닙니다. 나쁘지 않습니다. 약간 부족할 뿐입니다.

금전적인 이유로 새로운 일을 시작하지 못하고 있다고 생각한다면 **돈은 문제가 아니다.** 라고 생각을 바꿔보는 것이 좋겠습니다. 남는 돈이 있는 것은 아니지만 계획을 할 수 없을 정도로 타이트한 상황은 아닙니다. 머릿속에 떠오르는 새로운 일들이 그다지 멋진 것이 아닌 것이지요. 괜찮습니다. 정말 좋은 것이라면 모든 방해요인들이 생각나지 않을 만큼 집중하게 될 테니까요.

관계 가 일방적이라면 **진드기처럼 매달리고 있다** 는 질타를 받고 있는 상황일 수 있습니다. 좋아하면 이런 말을 들어도 참아야 합니다. 당장의 차가운 말보다 떨어졌을 때의 외로움이 더 큽니다. 지금은 인내하고 양보해야 합니다. 상대방이 상황에 익숙해졌을 때부터 의견을 이야기하고 주장할 수 있습니다. 조금 기다리세요. 가장 현명한 방법입니다.

관계를 만들고자 노력하고 있는 상황이라면 **한쪽의 일방적인 생각** 일 수 있습니다. 상황조차 일반적이지 않습니다. 미래에 대한 전망이 확실하지 않은 상황입니다. 이런 경우는 행동에 따라 결과에 많은 변화가 생겨나게 됩니다. 계산적으로 행동하는 것은 좋지 않습니다. 나를 좋은 사람으로 느끼게 하고 싶다면 자연스럽게 행동하는 것이 좋지 않을까요?

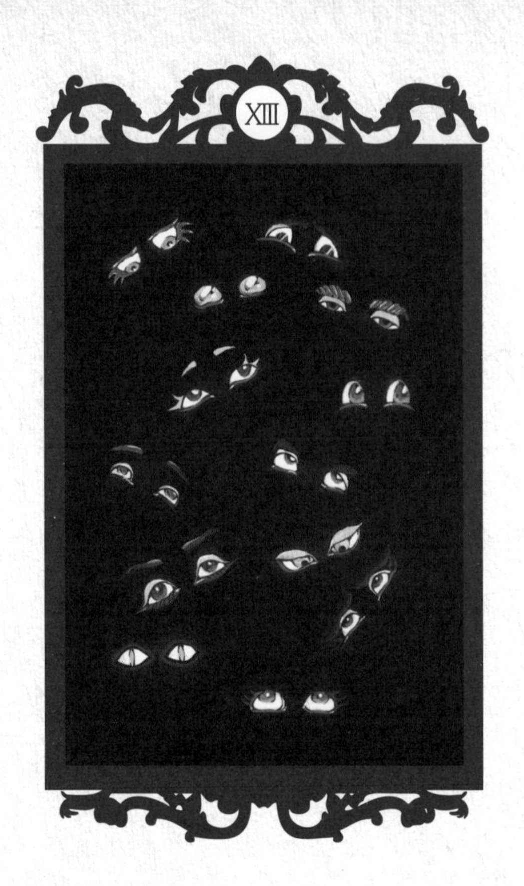

DEATH는

연애 라면 **헤어질 때 상처를 두려워해서 아예 연애를 하지 않는 것이 아닌가요?** 그렇다면 벌린 손가락으로 가린 그 손부터 치우시기 바랍니다. 연애가 정말 싫은 게 아니면 피하는 버릇부터 고쳐야 합니다. 상황이 주어져도 고개를 돌리고 도망가니 생기지 않는 겁니다.

경험이 없다고 핑계 대는 것 도 그만해야 합니다. 안 되는 이유를 손가락으로 하나하나 꼽으니 안 되는 겁니다. 물론 그동안 운이 나빴을 수도 있습니다. 드라마에나 나올법한 나쁜 남자나 정신이 오락가락하는 남자를 만났으면 상처 받는 게 당연하지요. 세상의 반이 남자입니다. 좋은 남자도 있습니다. 로맨스 소설의 이야기도 가끔은 현실이 됩니다.

목표 를 앞에 두고 있다가 **앞이 깜깜해지는 답답한 상황** 이 되었을 수도 있습니다. 답도 없고 할 수 있는 일도 없습니다. 이럴 때는 주변상황을 파악할 때 까지 기다려야 합니다. 섣불리 움직이는 것이 더 나쁘기 때문입니다.

아무것도 할 수 없다고 포기하고 싶은 상황 이라면 지나간 일들을 되새김질해보는 것이 좋습니다. 역사는 현재를 만들고 과거는 현재의 사건을 만듭니다. 상황을 바꾸고 싶다면 손놓고 기다릴 시간이 없습니다. 문제를 만든 선택의 순간을 기억해 내어 부족한 곳을 채워넣어야 합니다. 목표의 완성이 얼마 남지 않았기 때문입니다.

돈 은 **심각한 상태** 일 수 있습니다. 수입이 끊기거나, 이미 수입보다 많은 지출을 한 상태는 아닐까요? 간단한 해결책은 없지만 시간을 좀 투자한다면 상황이 나아지도록 할 수는 있습니다. 지루하겠지만 저축은 좀 해야 합니다. 사용하지 않는 물건을 팔아버리도록 합시다. 공간이 넓어져야 아이디어도 다양해질 수 있답니다.

안타깝습니다만 **취업을 바로 할 수는 없을 것** 같습니다. 원하는 자리가 비어있거나 나를 팔 벌려 부르는 곳은 없기 때문입니다. 통장잔고가 심각하다면 집에서 가까운 곳의 파트타임 일자리를 구하기를 권합니다. 마음에 안 드는 곳에 취직하고 나서 끊임없이 다른 곳에 면접을 보러 다닐 수는 없으니까요. 생각의 전환이 필요합니다.

관계 는 영원하지 않습니다. **관계는 망가질 수 있다** 는 것을 이해해야 합니다. 모든 사람들과 영원히 헤어지지 않을 수는 없습니다. 이치가 그러합니다. 때로는 되돌릴 수 없는 관계도 있습니다. 특히 목적성을 가지고 만나는 관계는 그렇습니다. 직장, 동호회, 프로젝트 팀이 그렇습니다. 이해관계가 끝나고 나면 안녕을 고해야 합니다.

호시탐탐 **틈을 노리고 있는 상황** 이라면 타이밍이 좋지 않습니다. 빤히 보이는 수는 쓰지 않는 것이 낫습니다. 상대방도 나를 지켜보고 있습니다. 연애관계가 아니라면 이해해줄 수 있는 범위는 매우 작습니다. 실수가 관계에 금이 가도록 하는 것이 아니라 관계가 얄팍하기 때문에 금이 갈 수 있다는 것을 기억해 두셔야 합니다.

TEMPERANCE는

연애 에 있어서 **이대로도 괜찮은가에 대해 고민하고 있는 것** 은 아닌지요. 주변사람들은 싸우기도 하고 선물도 받고 이벤트도 일어나고 하는데 내 연애는 왜 아무 일도 일어나지 않는 가 고민하고 있습니까? 오래가는 좋은 관계는 함께 있을 때 편안하고 조용한 것입니다. 전쟁터처럼 매일매일 사건이 일어난다면 그 관계는 오래가기 힘드니까요.

연애를 지속시켜주는 힘은 매력이나 말재주 같은 사소한 것이 아니라 **상대방에 대한 배려** 입니다. 상대방을 행복하게 만들어주고 감동시킵니다. 관계가 계속되고 있다는 것은 누군가 배려하고 있다는 뜻입니다. 배려하는 쪽이라면 괜찮지만 받는 쪽이라면 미안해해야 합니다. 노골적으로 말입니다.

목표 를 향해가는 과정 중에 있습니다. 잘하고 있는 것은 분명합니다. 시간이 지났지만 진전도 보이지 않고 결과가 나오지 않으니 주변의 압박을 받고 있는 상황인가요? 처음부터 오래 걸리는 일이라고 예상하고 시작한 일입니다. **괜찮습니다. 잘 하고 있습니다.**

그래도 **주변사람들의 의견을 경청** 하는 일은 멈추지 않는 것이 좋습니다. 당신을 가장 뛰어난 사람으로 만드는 가장 중요한 요소는 주변사람들이 걱정을 해주기 때문입니다. 의심하고 걱정하고 위로하는 사람들이 있어서 잘 할 수 있는 것입니다. 그러니 시간을 내서 잘 들어주세요.

돈 에 대해서 **마음을 비운** 상황인 것은 아닌지 걱정됩니다. 전혀 신경을 쓰고 있지 않은 상황인 것은 아닌가요. 돈이 흐름을 가지고 있는 것은 맞습니다. 관심을 가지고 있지 않으면 그 흐름도 놓치게 됩니다. 결국 나중에는 돈이 부족한 상황이 될 수도 있습니다. 당장은 필요 없겠지만 관심은 가져주세요.

돈을 주고받는 일에 종사하고 있어 **돈을 돈으로 보지 않는 사람** 일 수도 있겠습니다. 이러면 돈은 가까이 스쳐지나 갑니다. 조언을 듣고 주변사람들의 금전 운은 상승하지만 스스로 자신의 계좌에는 돈을 쌓아두지 못할 수도 있습니다. 돈은 강아지와 같아서 항상 예쁘다고 해주어야 하고 고양이와 같아서 끊임없이 쓰다듬어 주어야 합니다. 돈이 필요 없는 것이 아니라면 말입니다.

관계 를 **유지하는 것이 쉽다고 생각** 하고 있다면, 불안합니다. 아직은 여유롭게 관계를 즐기는 중입니다만 지켜보는 사람은 아슬아슬합니다. 언제 균형이 깨질지 알 수 없기 때문입니다. 심각한 사건이 일어나는 것은 아니지만 문제가 없는 것도 아닙니다. 혹시 양다리? 제발 조심해주세요. 지켜보는 사람은 괴롭습니다.

두개의 관계 사이에 있다면 **결국은 선택을 피할 수 없는 상황** 입니다. 둘 다 포기하려고 하는 것이 아니라면 빨리 결정해야 합니다. 주어진 시간이 얼마 남지 않았습니다. 아직은 서로가 신뢰하는 관계가 유지되고 있습니다. 좋은 추억이 남을 수 있도록 비밀이 밝혀지기 전에 선택해야 합니다.

DEVIL은

연애 에 있어서 **누군가에게 반해 장님이 된 상황** 이 아닐까 하는 생각이 듭니다. 주변에서는 친구들의 원망의 전화가 쏟아집니다. 연락 좀 하고 살아라, 전화는 받기만 하는 용도가 아니다 등등... 나중을 생각한다면 친구들의 마음을 풀어주는 것이 좋습니다. 깨지다니 고소하다는 말을 듣고 싶지 않다면 말입니다.

이미 빠져들었지만 내 의지대로 하고 있다는 착각을 하고 있는 상황일 수도 있습니다. 본론부터 말하자면 당신의 의지가 아닙니다. **영향받고 있습니다.** 어느 것도 마음대로 할 수 없습니다. 거짓말 같다면 시험해보는 것이 좋겠습니다. 아무 이유도 말하지 않고, 거짓말도 하지 않고 약속을 깰 수 있는지. 할 수 있다면 악마는 당신입니다.

목표 가 다른 사람과는 다릅니다. **목표자체가 환상입니다.** 비슷한 배경과 환경, 학력을 가진 사람이라면 희망하지 않는 것을 원하고 있습니다. 다르다는 것은 특별하다는 뜻이 될 수 있지만 그만큼 어렵다는 뜻입니다. 좀 더 쉬운 일에는 관심이 없다니 안타깝습니다. 어쩌겠어요. 그것도 운명입니다.

원래 하고 싶었던 일은 잊어버리고 있는 상황 은 아닌지 점검해야 합니다. 원래의 목표에서 벗어나고 있습니다. 아직 완전히 길을 잃은 것은 아니지만 빨리 제자리로 돌아가야 합니다. 잘못하면 영영 숲 속에 남게 됩니다.

돈 은 언제나 가장 큰 유혹입니다. 많은 것을 할 수 있으니까요. 돈은 나쁜 것이 아니지만 **판단의 기준이 돈이라면 많은 것을 포기해야 합니다.** 그 반짝이고 작은 것은 많은 것을 요구합니다. 모든 것을 요구하기도 합니다.

누군가 재촉하는 상황이나 권유를 받은 상황 이라면 절대로 지갑을 열어서는 안 됩니다. 악마는 가까이에 있습니다. 친구에게 돈을 빌려주면 친구를 잃는다는 말이나 지름신에게 홀리면 쓸데없는 물건을 사게 된다는 말을 기억해주세요. 지금은 그 어떤 것에도 돈을 지불해서는 안 됩니다. 딱 하루만 참아주세요. 내일이 되면 오늘 참았다는 것에 자부심을 느끼게 될 테니까요.

관계 의 측면에서는 **남들이 어떻게 보건 즐거우니까** 된 겁니다. 관계의 기준은 사회적이거나 객관적인 것이 아니라 개인적인 것입니다. 나는 행복하고 즐거우면 되는 겁니다. 나중에 일어나는 일은 나중에 생각하면 됩니다. 인생은 짧고 즐거움은 많지 않으니까요. Have a Fun! 즐기세요!

행복하다고 느끼고 있을 것입니다. 기대감에 부풀어 앞으로의 일들을 계획하고 있을 것입니다. 오래오래 지속된다면 하고 싶은 일들을 상상하고 있다면 그 **계획은 지금 행동으로 옮기는 것** 이 좋겠습니다. 생각보다 시간이 많지 않습니다. 관계라는 것은 유리로 만든 집과 같아서 비에도 눈에도 폭풍에도 취약합니다. 언제든지 부서질 수 있으니 즐거운 일은 남겨두지 말고 지금 해야 합니다. 후회하지 않으려면 말이지요.

TOWER는

연애 에 있어서는 **안 좋은 예감에 불안에 떠는** 상황일 수 있습니다. 여자들의 직감은 잘 맞는다든가. 이상한 징조가 있다거나 하는 상황입니다. 그 중에서도 상대방의 이중연애에 대한 예감입니다. 아직 제대로 저지른 상황은 아닙니다. 현대사회는 조금 관대합니다. 생각의 죄는 죄가 아니랍니다. 그러니 지금 막으면 됩니다. 신호를 주세요. 느낌이 있다고.

2순위의 후보가 많은 사람과 연애를 하고 있는 상황은 아닌지 고민해 보아야 합니다. 이별하면 바로 다음날부터 치근덕거릴 사람들이 많으니 **장난으로라도 헤어지자는 말은 하면 안 됩니다.** 벌을 주고 싶은 마음은 이해합니다. 벼룩을 잡으려다 초가삼간을 다 태워버리고 나면 어디에 가서 살아야 할까요? 참을 인자 셋을 그리며 참도록 합시다.

목표 라면 **현재는 남들보다 앞서나가고 있는 상황** 일 수 있습니다. 문제는 사람들의 미움을 받고 있다는 점입니다. 이래서야 언제든지 문제가 생길 수 있습니다. 성공은 혼자해도 괜찮지만 가끔은 한 발 뒤로 물러서서 다른 사람의 성공에 박수를 보내야 미움 받지 않을 수 있습니다.

도망가는 것도 좋겠습니다. 다음 기회도 있습니다. 꼭 지금이 아니어도 됩니다. 위험합니다. 실패할 가능성이 높습니다. 지금 느끼고 있는 것들은 신호이며 경고입니다. 대책이 생각나지 않는다면 도망가세요. 바로 지금!

돈 을 빌려주었다면 **받을 수 없습니다.** 그것이 이치입니다. 은행이라면 모를까. 돈은 계약 없이는 유통되어서는 안 되는 그런 종류의 물건입니다. 깔끔하게 차용증을 쓰지 않은 돈은 개인적인 기부금이 되고 맙니다. 앞으로는 꼭 공증까지 마치도록 하세요.

한탕을 노리고 있는 상황 이라면 **적은 이익에 만족하고 빠져나와야 합니다.** 더 큰 이익은 다른 사람들의 것입니다. 나중에 때가 올 것입니다. 크게 손해보고 싶지 않다면 연습이라고 생각해야 합니다. 위험한 일입니다. 다음에는 처음부터 이런 일에는 끼어들지 말 것을 조언합니다.

관계 를 이용해 **사건사고에 밀어 넣는 사람이나 무리** 라면 조금 멀리 떨어져 보는 것이 어떨까요. 힘든 일인건 압니다. 지금이 익숙하고 크게 무리해서 희생하고 있다고 생각하지 않을 수도 있습니다. 지금까지와는 달리 점점 어려운 일이 생겨날 것입니다. 정말 빠져나가고 싶을 때 빠져나갈 수 없을지도 모릅니다. 아직 큰 일이 벌어지지 않았을 때 도움을 요청하거나 빠져나와야 합니다. 시간이 없습니다.

앞서서 일하는 사람은 보호받지 못하는 경우가 많습니다. 등 뒤에 숨은 **다른 사람들에 대한 의무감** 때문에 도망조차 쉽지 않기 때문입니다. 가끔은 이기적으로 생각해야 할 때도 있습니다. 당신이 아니어도 누군가 책임을 질 것입니다. 이번만큼은 도움을 요청해보세요. 누군가 도와준다면 일이 쉬워질 것이고 아무도 돕지 않는다면 이제 그만 둘 시기가 된 것입니다. 매번 혼자 짐을 질 수는 없지 않나요?

STAR는

연애 에서의 문제는 **지나치게 사랑하면 상대방이 도망간다** 는 것입니다. 이 적당하게가 어렵습니다. 잘 해보려고 하는 일들이 결국 연애를 망친다는 건 참 슬픈 일이지만 규칙은 간단합니다. 무리하거나 억지로 하는 모든 일들은 방해가 됩니다. 기억해주세요.

또 다른 사람에게 관심을 가지다 니 둘 중 하나입니다. 너무 긴장감이 없어서 심심하거나 상대가 마음에 들지 않아 더 좋은 사람을 원한 것입니다. 둘 다 작은 즐거움을 원하는 것 뿐 나쁜 짓을 할 생각은 없습니다. 그러나 그 작은 즐거움을 성취하게 되면 모든 것이 무너집니다. 지금 보이는 것은 유혹입니다. 행복이 아닙니다.

목표 를 성취하고 싶은 **열망이 변하지 않는다면** 가능합니다. 좋은 것일수록 경쟁자가 많고 방해자가 끝까지 존재합니다. 가는 길이 험난할수록 끝에 좋은 것이 있다는 뜻입니다. 예상치 못한 사건이 발생하고 힘겨운 상황이 생긴다고 해도 포기하지 않는다면 성취할 수 있습니다. 행운의 별이 떠오르는 중입니다.

그래서 **혼자 걸어가야 하는 길** 도 있습니다. 비밀스럽게 숨어서 해야 합니다. 몰래 하는 것이 쉽습니다. 동료들은 도움이 되지 않습니다. 오로지 당신만의 것입니다. 과정도 결과도 홀로 겪어내야 합니다. 희망이 있으니 할 수 있습니다.

돈 을 목표로 한다면 **규칙을 지키는 것** 이 좋습니다. 나쁜 짓으로 쉽게 돈을 벌거나 제대로 된 방법이 아닌 지름길은 하던 사람이나 할 수 있습니다. 나쁜 짓도 어설프면 걸리는 법. 하던 대로 성실하게 꾸준히 노력하면 돈을 벌게 됩니다.

많은 손실을 보았다고 해도 **지금 무너질 수는 없습니다.** 아직 끝이 아니기 때문입니다. 아주 긴 여정 중에 힘든 부분을 지나고 있는 것입니다. 더 멀리 보아야 합니다. 힘겨운 상황인 것은 맞습니다. 멈춰 버린다면 지금까지의 노력이 모두 허사가 됩니다. 아깝지 않은가요?

관계 라면 귀에 못이 박히도록 들었던 **친구를 잘 사귀어야 한다는 말을 되새겨볼 때** 입니다. 나를 가장 잘 아는 친구는 적이 되었을 때도 가장 무서운 사람입니다. 가장 강력한 방해자가 될 수 있습니다. 가장 힘든 순간에는 정말 좋은 친구라도 도움이 되지 않습니다. 역경을 이겨내는 힘은 온전히 스스로의 마음속에 있기 때문이지요. 위로라는 말로 힘든 순간에 포기하도록 하는 친구는 제대로 된 조언자가 아닙니다. 마음을 약하게 하는 방해자일 뿐입니다.

새로운 관계를 시작해야 할 때 일 수 있습니다. 직장을 바꾸거나 이사를 가거나 새로운 동호회에 가입한 상황이라면 말입니다. 다른 것이 좋아 보인다면 한 번 해보는 것도 좋습니다. 나 자신의 정체성을 지키기만 한다면 무슨 일을 해도 괜찮습니다. 새로운 관계는 즐거움을 줄 것입니다. 가끔은 이런 사소한 즐거움을 즐길 필요가 있습니다. 아주 힘들 때 당신을 위로해 줄 추억이 될 것입니다.

MOON은

연애 가 잘 안되는 이유는 **변화무쌍한 마음** 때문입니다. 행복하다고 생각하면서도 금방 다른 생각을 합니다. 숨기는 일이 있어서 잘해주는 것인가 의심하고 확인하려고 합니다. 달빛이 마음을 혼돈스럽게 만드는 것입니다. 관계는 들어주고 믿어주고 받아주어야 오래오래 행복할 수 있습니다.

우울함의 이유 가 현재의 연애상태라고 생각하나요? 그건 빙산의 일각입니다. 표면적인 이유는 될 수 있습니다만 가장 중요한 이유가 아닙니다. 현재의 상황이 가장 큰 이유입니다. 변화무쌍하고 안정적이지 못하고 공격받는 입장이라면 우울한 게 당연하지 않을까요?

목표 를 자꾸 바꾼다면 **진전이 없는 상황** 일 수 있습니다. 비슷한 계열이라고는 하지만 다른 건 다른 겁니다. 여러 가지 재능을 한 곳에 집중하지 않으니 결과를 보기가 힘듭니다. 가끔 잘 되는 것은 운이 좋았기 때문입니다. 재능이 빛을 발했다고 볼 수는 없습니다. 지금이라도 괜찮습니다. 재능을 발휘하고 싶다면 한 가지에 집중해야 합니다.

버릴 건 버려야 합니다. 과거에 지나온 것들을 되돌아보느라 앞으로 나아가지 못하고 있는 상황입니다. 이미 끝난 일들입니다. 지금이라도 돌아오라는 손짓들은 모두 유혹입니다. 경험과 능력을 이용당하고 다시 떠나야 할 수도 있습니다. 믿을만한 사람입니까? 도와주어야 합니까? 그렇다고 해도 지금은 그럴 여유가 없습니다. 내 코가 석자입니다.

돈 이 가장 걱정입니다. **수입이 불안정** 하니 마음도 불편하고 스트레스로 오히려 돈을 더 많이 쓰는 상황인가요? 변화의 물결이 지나야 수입이 안정될 것입니다. 지금처럼 써댄다면 그 때까지 버티기가 힘들 것입니다. 스스로 기분전환 할 다른 방법을 찾아야 합니다. 쇼핑은 진통제입니다. 치료제가 아닙니다. 잠깐 즐거울 뿐입니다.

여행을 떠나는 것도 좋은 방법 입니다. 쓸 수 있는 한도 내에서 가능한 모든 돈을 써버리고 나면 더 쓸 수 없으니까요. 치열하게 벌기 위해 노력하게 됩니다. 지금 돈을 벌 수 없는 것은 운이나 상황의 문제라기보다는 의지의 문제입니다. 돈이 부족해 불편하지만 돈을 버는 것에 집중하고 싶은 생각은 없습니다. 정신 차리세요!

관계 가 변해버리게 된 것은 **비밀이 드러났기 때문** 입니다. 일부러 터뜨린 것은 아니지만 동조하거나 원인을 제공했기 때문에 죄책감을 느껴야 하는 상황입니다. 상대방은 화가 나 있습니다. 많은 것이 한꺼번에 변해버렸기 때문입니다. 어설픈 사과는 효과가 없습니다. 무엇이 가장 잘못한 것인지 스스로 깨닫고 난 후에 사과해야 합니다. 그래야 받아줄 것입니다.

다 귀찮다고 **혼자서 살 수는 없다** 는 것을 기억해야 합니다. 아무리 사람을 귀찮아해도 친구가 있고 가족이 있고 회사가 있고 그룹이 있습니다. 모든 사람들에게서 떨어질 수는 없습니다. 세상과 조화를 이루면서 살아가는 것이 인간의 삶입니다. 싫어도 짝을 이루어야 합니다.

SUN은

연애 는 기나긴 **어둠의 터널을 지나 드디어 광명이 비치는** 상황입니다. 원한다면 소개팅을 할 수도 있고 선을 볼 수도 있습니다. 사람들이 관심을 가지고 도와주려고 합니다. 익숙하지 않은 상황에 조금 당황스러울 수도 있고 소개를 받는 것이 부끄러울 수도 있습니다만 눈 딱 감고 나가기만 하면 됩니다. 잘 될 것입니다.

누구에게나 긍정적인 인상 을 줄 수 있습니다. 거울을 보세요. 이전과는 다릅니다. 자신만의 생각에 잠겨 다른 세상의 사람 같았던 어둠의 자식은 어디로 갔나요? 미소까지 짓고 있네요? 이러니 사람들이 좋아할 수밖에 없습니다. 이제 보이나요? 얼굴이 빛나고 있습니다.

목표 를 위해 **함께하는 동료** 들이 있습니다. 모두 같은 이유로 모여, 같은 곳을 향해 꿈을 꿉니다. 이제 외롭지 않습니다. 모든 문제를 함께 해결할 수 있으니 순조롭게 나아가는 중입니다. 이렇게 쉬운 일인 줄 이전에는 몰랐을 것입니다.

이제 **세상을 다 가질 때** 가 되었습니다. 더 높은 곳으로 날아올라야 합니다. 지금 있는 곳은 너무 비좁습니다. 따뜻한 보금자리와 편안한 환경에 안주하면 안 됩니다. 더 크고 멋진 세상이 당신의 것입니다.

돈 은 **차곡차곡 쌓이고 있습니다.** 믿을 만 하고 안전합니다. 높은 수익은 아니지만 위험이 낮습니다. 원금을 잃거나 사기당할 위험은 없습니다. 지금은 지루하겠지만 잊어버리고 있으면 나중에 선물처럼 불어난 돈이 필요할 때 필요한 만큼이 되어 기다리고 있을 것입니다.

돈은 **부족함이 없는 상태** 입니다. 부족한 것이 아니라 넘치지 않는 것이지요. 남는 것이 없어 보이지만 쓰는 것을 고려한다면 충분히 벌고 있는 것이 맞습니다. 더 많이 버는 것을 준비하는 것보다 지출을 꼼꼼히 살피는 것이 더 쉽습니다. 다른 사람이 보면 배부른 투정이라고 생각할 테니까요.

관계 도 나쁘지 않습니다. 지금은 **적절한 거리를 유지하고 있는 편안한 사람들의 무리** 속에 있습니다. 상처주거나 다그치거나 강요하는 사람이 없는 관계입니다. 언제나 롤러코스터를 탄 것처럼 긴장하고 화내고 울고 분노할 수는 없습니다. 가끔은 이럴 때도 있어야 합니다. 지금까지는 평온한 적이 없었으니 이런 조용함이 익숙하지 않을지도 모릅니다. 걱정하지 않아도 됩니다. 마음 편히 쉬어도 아무 일도 일어나지 않을 것입니다.

나쁜 마음을 먹거나 **일부러 괴롭히는 사람은 없는** 상황입니다. 나쁜 일이 일어났다면 실수입니다. 의도적인 것이 아닙니다. 상대방도 충분히 미안해하고 있습니다. 먼저 괜찮다고 말해주세요. 말로 표현하지 않아도 용서해 준다면 나중에 당신의 편이 될 것입니다.

JUDGEMENT는

연애 에 있어 **하늘이 내려준 시기가 있다면 지금이 바로 그 때** 입니다. 이상형을 만나게 되고 친구이상이 될 수 없던 사람들이 이성으로 느껴지기 시작합니다. 분위기가 조성되고 서로의 신호를 감지하게 됩니다. 지금은 연애에 있어서 꽃피는 봄과 같은 시기입니다. 세상이 핑크빛으로 물들어 가고 있나요?

막차를 놓치지 않도록 빠른 결정을 내려야 할 때 일 수도 있습니다. 고르고 고르다 보니 기회를 여러 번 놓친 상황이라면 이번이 마지막 때라고 생각하고 움직여야 합니다. 사랑은 Move! Move! 매진임박 선착순 구매의 상황입니다.

목표 라면 **승자 발표를 기다리는 상황입니다.** 기다리기만 하기에는 마음이 들떠서 힘들겠지만 미리 자랑할 필요는 없습니다. 축하는 한 번만 받을 수 있으니까요. 김을 뺄 필요는 없습니다. 좋은 꿈을 꾸면서 기다려주세요.

생각했던 것이 아닌 결과에 화내고 있는 중 이라면 좋은 이야기를 들려드리지요. 지금 것은 가짜입니다. 진짜는 다음번에 옵니다. 그래서 주어지지 않은 것입니다. 당신의 노력은 진짜이고 합당한 결과물을 받아 마땅하기 때문입니다. 조금 늦어지는 것입니다. 영원히 오지 않는 것이 아닙니다.

돈 은 **거두어야 하는 때입니다. 지출하는 때가 아닙니다.** 누군가 지출을 요구한다면 이익을 모두 확인한 다음에야 가능 하다고 말해야 합니다. 모든 일에는 순서가 있는 법입니다. 한 주기가 끝나려면 완전한 매듭이 필요합니다. 끝나기 전에는 다음 일을 서둘러 시작할 필요가 없습니다.

투자에 있어서는 **대세를 따를 때** 입니다. 원래대로라면 직감을 믿어도 좋지만 다른 사람을 따라 움직여야 할 때도 있는 법입니다. 다수의 힘이 작용하고 있습니다. 이럴 때는 주변사람들 속에 숨어 있어야 합니다. 때를 기다립시다.

관계 를 위해서라면 **딱히 할일은 없습니다.** 권한이 없기 때문입니다. 시간을 흘려보내고 있으면 소식이 오거나 상대방이 찾아올 것입니다. 이럴 때는 단 것을 먹으며 스트레스를 풀거나 집중할 만한 다른 일을 찾아봐야 합니다. 주도권이 타인에게 있을 때는 판결을 기다리는 것이 정답입니다.

드디어 벗어날 수 있게 되었다면 축하합니다. 길고 긴 암흑처럼 계속되는 진흙탕 같은 관계에 힘들어하고 있었다면 지금이 벗어날 수 있는 때입니다. 자유롭게 날아갈 수 있습니다. 다시는 돌아오지 않아도 됩니다. 새로운 곳에서 새로운 사람들과 새로운 삶을 시작할 수 있습니다. 과거는 돌아보지 않을 것을 추천합니다. 이런 과거라면 미래에 영향을 줄 수 있으니까요. 깨끗한 백지가 되는 겁니다. 일어나기 전으로 돌아가는 겁니다. 잊어버리세요. 다시 반복되지는 않을 것입니다.

WORLD는

연애 라면 **사랑에는 국경이 없다** 는 말을 고려해야겠습니다. 세상에는 다양한 사람들이 있고 나이차이가 많이 나는 커플은 흔합니다. 키가 작은 남자와 키가 큰 여자가 부부가 되는 일도 있습니다. 넘지 못할 벽은 없습니다. 벽을 상기시키고 선을 긋는 것은 충분히 사랑하지 않아서가 아닐까요?

이해할 수 없는 사람과 연애 중 일 수도 있습니다. 항상 새로운 모습을 보여주는 것은 좋지만 예상할 수 없는 일을 벌이는 상대와 함께하는 것은 재미있지만은 않습니다. 참을 수 없는 일을 벌이고 깜짝 놀랄만한 방법으로 사과합니다. 최선의 노력을 다하고 있다는 것은 알지만 힘이 듭니다. 이럴 때는 판단하려는 생각 자체를 내려놓아야 합니다. 힘이 들지만 헤어지지 않은 것은 사랑하기 때문이니까요.

목표 는 **이미 이루어 진 것이나 다름없습니다.** 익숙해지니 지루해져서 딴생각이 드는 것이 아닐까요? 지금까지의 노력과 시간이라면 다른 일을 하는 것이 낫다고 생각한다면 이번 일을 끝내고 새로운 일을 시작하시라고 조언합니다.

문제는 실재하는 것이 아니라 마음속에 있습니다. 현재의 상황에는 아무런 문제도 없습니다. 먼지 털어 먼지 안 나는 사람이 없는 것처럼 찾으니까 보이는 것입니다. 신경 쓰지 않으면 중요하지 않은 것들입니다. 못 본 척 하면 됩니다. 사라져라, 사라져라, 사라져라!

돈 은 원래 **있어도 고민 없어도 고민** 인 법입니다. 돈이 충분히 있어도 더 벌고 싶은 마음이 사라지지는 것은 아닙니다. 돈은 돈을 부르고 욕심은 욕심을 부릅니다. 나에게 필요한 돈이 어느 정도인지 스스로 정하지 않으면 돈 자체에 집중하게 되어 행복해 질 수 없습니다. 얼마가 필요하세요?

노력하는 것보다 좋은 결과 를 얻을 수 있습니다. 순리대로라면 더 많이 노력해야 하지만 가끔 순리가 나의 편이 되어 줄 때도 있습니다. 돈이나 물질이 가장 원하는 것이라면 세상이 도움을 줄 것입니다. 모닥불에 불씨만 던지면 됩니다. 망설일 필요가 없습니다.

관계 를 회복하고 싶다면 **잃어버린 친구를 되찾기에 최고의 때** 일 수 있습니다. 자꾸 생각이 나는 것은 상대방도 내 생각을 해주기 때문입니다. 기다렸다는 듯이 연락을 하면 삐딱하게 답할지도 모르지만 결과적으로는 예전으로 돌아갈 수 있습니다. 망설이다 타이밍을 놓치실 건가요?

지나치게 친밀한 관계를 원하는 것 은 아닌가요? 빠른 속도로 친해지게 되면 어이없는 일로 헤어지는 경우도 생깁니다. 서로의 영역을 침범하기 때문입니다. 오랜 시간을 함께하면 싫어하는 것을 자연스럽게 알게 되고 배려하게 됩니다. 천천히 가까워지면 상대방을 이해하게 됩니다. 반대로 너무 빠르게 친해지면 친한 것처럼 보여도 상대방의 속마음이나 상황, 싫어하는 것들을 제대로 모르기 때문에 실수하게 됩니다. 급한 마음은 버리고 천천히 하세요. 그래야 진실 된 관계가 될 수 있으니까요.

USER GUIDE

배열법. 전개법. 스프레드

Spread. Layout

모양과 순서에 따른 사용법

"모든 것에는 규칙이 있습니다."

스프레드는 타로카드를 어떻게 사용할 것인가를 결정하는 규칙입니다.
스프레드는 하나의 규칙으로 전체의 규칙이 지켜지지 않으면
아무런 의미가 없습니다.

♠몇 장을 사용할 것인가?
1장. 3장. 10장 혹은 그보다 많이

♠각 위치가 어떤 의미를 가지는가?
마지막에 위치한 카드는 대부분의 스프레드에서 결론이다

♠순서는 어떠한가?
스프레드의 모양을 완성하기 위해 카드를 어떤 순서로
내려놓을 것인가

스프레드는 규칙입니다.
자유롭게 사용하고 싶다면 스프레드를 사용하지 않아도
타로카드를 해석 하는데는 아무런 문제가 없습니다.

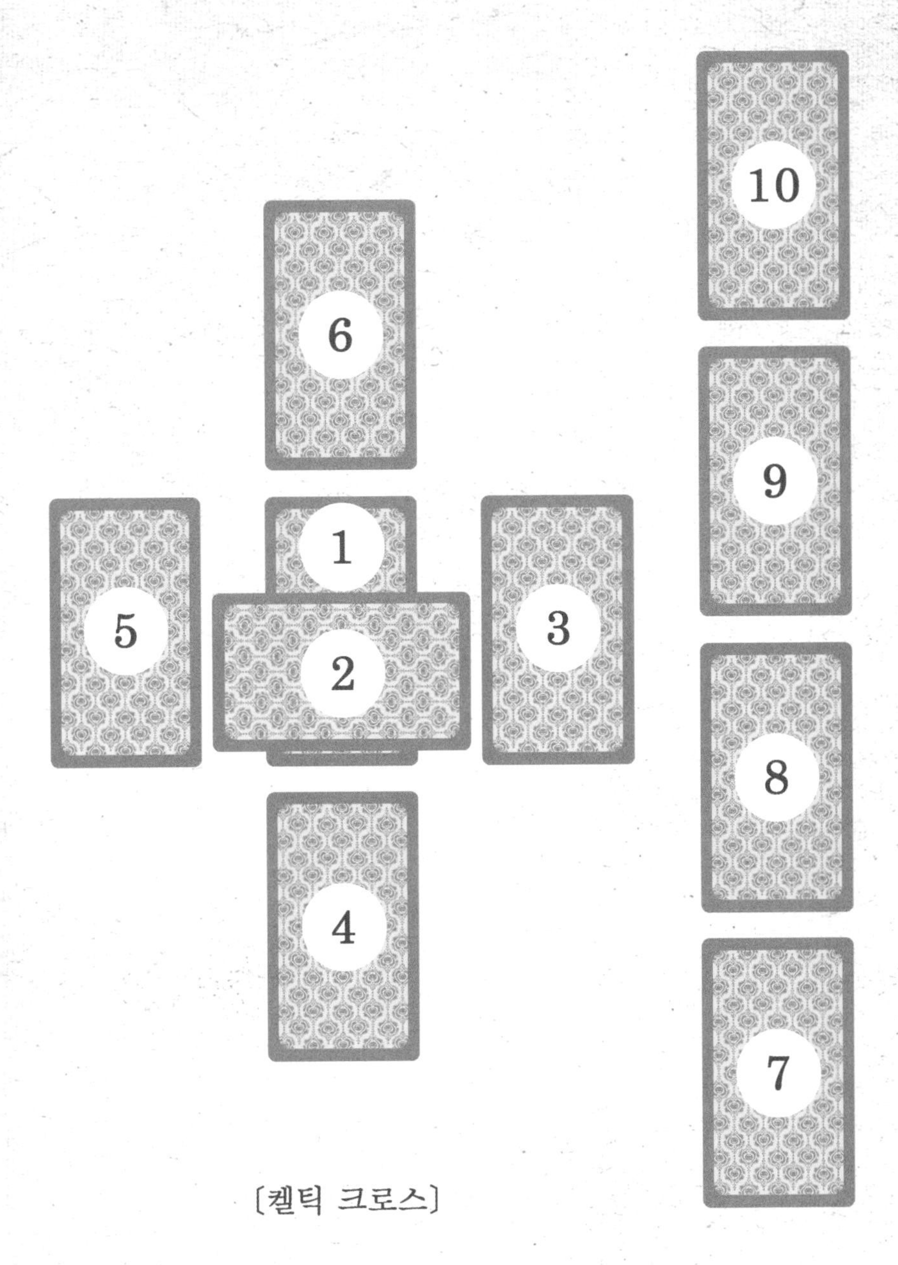

[켈틱 크로스]

섞기. 꺾기. 선택하기

Shuffle. Cut. Choice

타로카드를 사용하기 위해 당신의 손이 해야 하는 일.

"손으로 하는 일은 연습을 필요로 합니다."

셔플(Shuffle: 섞기). 컷(Cut: 꺾기). 초이스(Choice: 선택하기)는 기본적인 동작입니다.

♠셔플 (Shuffle) : 섞기.
카드의 순서가 무작위로 뒤섞이도록 하는 것

♠컷 (Cut) : 꺾기 또는 덜어내기.
전체 카드 무더기의 일부를 덜어내거나 방향을 바꾸어 다시 얹는 것

♠초이스 (Choice) : 선택하기
사용할 만큼 카드를 선택하는 것

방법은 여러 가지가 있습니다.
카드가 섞일 수 있다면 어떤 방법이든 사용해도 좋고
카드를 선택하는 규칙도 스프레드에 정해져 있지 않다면 어떤 방식이든 괜찮습니다.

자신에게 맞는 방법을 선택하여 연습하셔야 합니다.

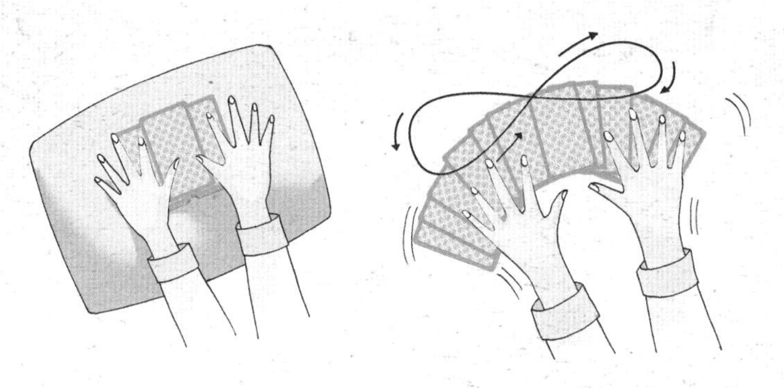

1 카드 위에 양손을 얹는다. 그 다음 무한대 표시를 그리며 카드를 섞는다.

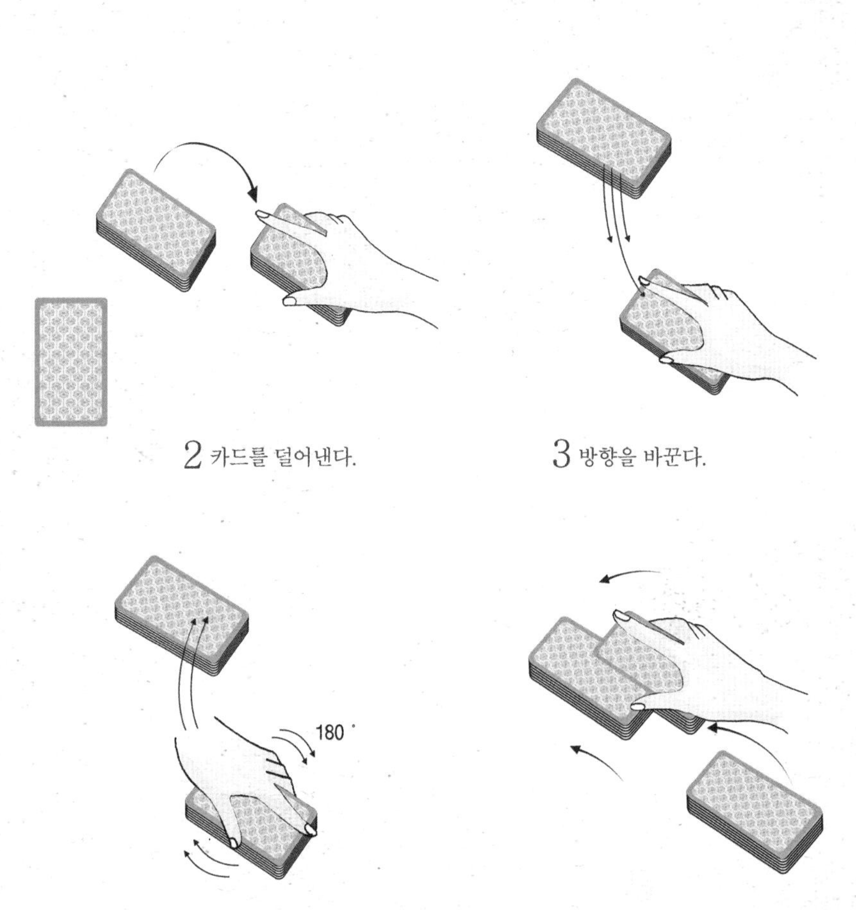

2 카드를 덜어낸다.

3 방향을 바꾼다.

4 180° 회전시킨다.

5 일부를 덜어내어 180° 로 돌려얹고 다시 전체에서 카드를 덜어내어 얹는 과정을 반복한다.

그림자, 배경, 떨어진 카드

Shadow, Under, Fall Down

부수적으로 작용하는 카드들

셰도우 (Shadow) : 그림자

카드를 섞을 때 마다 자주 나타나는 카드

그림자 카드라고 불리는 카드는 카드를 셔플 할 때마다 잦은 빈도로 나타나거나 해석에서 중요한 위치에 자주 나타나는 카드를 말합니다.
이 카드는 때로 잊고 있는 중요한 문제를 상징하거나
자신을 상징하는 카드로 알려져 있기 때문에 중요하게 여겨집니다.

때로 어떤 타로리더들은 다른 사람의 점을 볼 때 자신의 셰도우 카드는 제외하고 해석하는 경우도 있습니다.

언더 (Under) : 추가카드

해석을 쉽게 하기 위해 부수적인 설명을 하려고 별도로 선택하는 카드

언더 카드 혹은 추가 카드라고 불리는 카드는
명쾌한 해석이 불가능 할 때
혹은 선택의 기로를 점칠 때 사용되는 카드입니다.
필요에 따라서 스프레드를 다 펼친 다음 추가로 선택해 뽑거나
처음부터 선택해 두고 사용하거나 사용하지 않을 수 있습니다.
부연설명이 필요한 경우에 처음부터 언더카드를 선택해 사용합니다.

폴 다운 (Fall Down) : 떨어진 카드

카드를 섞거나 스프레드를 놓다가 뚝 떨어져 나온 카드

카드를 섞다가 떨어진 카드를 따로 두고 사용하는 것을
떨어진 카드라고 합니다. 이 카드는 해석 전체에 영향을 끼치지 않지만
타로리더가 알아야 하는 또 다른 문제를 말하기도 합니다.

[3 Card Under]

가장 쉬운 전개법(Spread)인 3카드의 응용전개 3 card Under

회색으로 표기된 카드가 언더(Under)카드이다. 이 언더카드는 1번과 3번 위치의 카드를 보완하고 설명하는 역할을 하는데 표면의 문제에 대한 부연설명을 하기 때문에 언더카드라고 부른다.

* 사용할 카드를 한데 모아 편한 방법으로 뒤섞은 다음 하나로 모은다.
* 한 덩어리로 모은 카드를 세 덩어리로 나누어 그중 하나를 고른다.
* 제일 위에서부터 세어 좋아하는 숫자만큼 아래의 카드를 한 장 골라 1번 카드로 사용한다.
* 중간쯤 위치한 카드를 2번 카드로 사용한다.
* 제일 아래에서부터 위로 세어 좋아하는 숫자만큼 위의 카드를 3번 카드로 사용한다.

여기서 원하는 숫자는 1-10까지 숫자중 하나를 선택하는데 선택할 숫자가 없다면 7이나 6을 사용하는 것을 권한다.

먼저 셔플을 하고 남은 카드를 한데 모아 한 덩어리로 만든 다음 가볍게 세 번만 섞는다.

가장 위에 위치한 카드를 1번 자리의 언더카드로 가장 아래의 카드를 3번 카드의 언더카드로 사용한다.

1번에서 3번까지의 카드를 읽는 방법에도 여러 가지가 있지만 1번은 과거. 2번은 현재. 3번은 미래로 해석하는 것이 일반적이다. 이를 아래와 같이 변형하여 사용한다.

금전운의 경우의 예

1번 위치 : 과거의 금전을 얻기 위해 노력 했는가.
2번 위치 : 현재의 금전상태는 어떠한가
3번 위치 : 앞으로의 금전상태는 어떻게 변화할 것인가.

이때 1번 언더카드는 : 금전을 얻기 위해 잘했는가. 못했는가.
이때 3번 언더카드는 : 금전을 얻기 위한 환경이 주어질 것인가 그렇지 않을 것인가.

이처럼 언더카드는 원인을 파악하고 결과를 예측하는데 주효하지만 1번과 3번의 카드가 뚜렷하고 강력하게 해석될 수 있는 카드가 선택되었다면 읽지 않고 건너뛸 수도 있다.

언더카드는 해석에서 무시될 수 있기 때문이다.

저자 **칼리**

심리학, 문예창작을 전공하였고 아시아인 최초로
미국 타로카드 자격 인증기관인 TCB(Tarotcertification.org)를 통해
그랜드 마스터(CTGM) 자격을 인증 받았으며
한국 지부장으로 활동하고 있다.

타로 유저들을 위한 종합서

왕초보 타로카드
타로카드 길라잡이
타로카드 스프레드
사랑의 기술
베이직 웨이트 타로카드
타로카드 이지라이더
타로카드 에띨라
타로카드 리딩튜터
타로카드 앨리스를 출판하였다.

이 외에도 현재 창작 타로를 작업 중에 있으며,
타로 교육 및 상담을 병행하고 있다.

타로카드쇼핑몰 www.tarotclub.net
교육 사이트 www.masterkali.com

일러스트 **장서윤**

이화여자 대학교 섬유디자인석사
국내 굴지의 의류브랜드인 '한섬'에서 근무했으며
현재 화랑계의 산역사인 미화랑에서 큐레이터로 근무하고 있다.

비즈와 입체자수를 접목한 작품을 선보이고 있으며,
개인전을 위한 작품활동에 몰두하고 있다.

디자인 및 편집 **애플**

당그래가 추천하는 책

타로 카드 에띨라 Tarot Card Etteilla

타로 카드 에띨라 에 대하여

타로카드 에띨라는 현대인을 위한 빠른 카드 읽기에 적합한 카드입니다. 초보자를 위한 조언과 깊은 해석은 물론 누구나 쉽게 질문에 대한 해답을 얻을 수 있게 합니다. 타로카드 에띨라는 빠르고 간단한 리딩을 통해 효율성 있는 타로카드의 사용법을 제안합니다. 타로카드 리딩은 누구나 할 수 있습니다. 타로카드 에띨라를 통해 타로카드의 세계를 경험해보시기 바랍니다.

에띨라 타로카드는 정역의 방향이 처음 고안된 타로카드의 체계로 현대의 모던 타로 등에도 영향을 미친 근현대적 체계를 가지고 있습니다. 이에 맞추어 키워드 또한 현대에 맞게 재구성되었으며 개인적인 프라이버시와 관련된 질문에서 기업·비즈니스와 관련된 질문까지 모든 것을 아우를 수 있는 현대적인 타로카드입니다. 현대인에 맞는 타로카드 에띨라의 맞춤 키워드는 당신의 질문에 속 시원한 해답을 제시합니다. 이제 실용적인 타로카드 에띨라를 경험할 차례입니다.

♠78장의 타로 카드 풀 세트
♠128페이지 올컬러 북릿

당그래가 추천하는 책

타로 카드 이지 라이더 Tarot Card Easy Rider

타로 카드 이지 라이더에 대하여

타로 카드 이지 라이더는 전세계적으로 널리 사용되는 라이더 웨이트를 복각(覆刻)한 타로 카드이다. 라이더 웨이트 타로 카드가 지속적인 인기를 얻고 있는 것은 마이너 카드를 포함한 모든 카드가 각각의 상징과 이미지를 가지고 있기 때문이다. 이제 이지 라이더 타로 카드로 자신의 내면과 만나는 흥미로운 여행을 시작해보자.

♠78장의 타로 카드 풀 세트
♠112페이지 올컬러 북릿

당그래가 추천하는 책

타로 카드 앨리스 Tarot Card Alice

[타로카드 앨리스]는 타로 점의 여러 분야 중 실제 상담 현장에서 가장 많은 질문을 받는 사랑과 연애에 관한 해답을 다룬 타로카드이다.

[타로카드 앨리스]는 사랑과 연애의 전 과정을 하나하나 되집어본다. 둘의 만남 - 탐색 - 정보수집-경험-결정-오해-배신-이별-재결합 등을 모두 다루고 있어 이야기를 읽기만 하더라도 흥미진진한 경험이 될 것이다.

팬시 타로카드 시리즈로 제작된 만큼, 어느 누구라도 소중하게 간직하고 싶을 정도로 아름다운 앨리스 카드는 22장의 풀셋트에다가 176페이지의 올컬러로 세세하리만큼 자세한 해설본을 포함하고 있어서, 전문가는 물론 초보자에게도 환영받을 만한 타로카드라고 할 수 있다.

루이스 캐럴의 원작을 바탕으로 모든 원화를 재구성하여 제작되었으며 이야기 중에서 상징적으로 타로카드에 해당하는 부분만을 새롭게 그려 현대적인 색채로 재탄생시켰다. 22장의 아름다운 그림은 빈티지 풍으로 제작되어 오랜 세월 사용한 것처럼 낡은 느낌을 주게 그려졌으며 특히 배경의 다이아몬드 체크는 오래된 명화처럼 스크래치가 그려져 있다. 이러한 클래식에 대한 제작자의 사랑이 [타로카드 앨리스]의 특별함을 완성한다.

저자의 연애에 대한 조언의 차별성을 느끼려면 연인 카드를 차지하고 있는 트위들덤과 트위들디에 대한 해석에 주목할 필요가 있다. '사랑은 서로에게 상처받지 않도록 껍질을 두껍게 만드는 것이다'. 사랑은 운명이나 감정이 아니라 노력이라는 연인 카드의 해석은 '나는 연인으로서 상대방에게 노력하고 있는지' 질문하게 한다.

[타로카드 앨리스]는 명쾌하다. '운명은 언제나 당신편입니다' [타로카드 앨리스]는 누구에게도 말할 수 없는 비밀을 털어놓기에 적합한 조언자 카드로 제작되었기 때문이다. 때로는 다정하게 때로는 날카롭게 조언하는 구절들을 통해 어느 날 아무 때나 펼쳐보아도 해답을 얻을 수 있는 책으로 만들어졌다.

카드의 설명을 이야기와 숫자, 다시 조언으로 나누어 단계별로 연습할 수 있게 하였으며 가장 많이 궁금해 하는 세 가지 질문, 연애 - 돈 - 관계를 모두 따로 다루어 여러 가지 키워드 사이에서 고민하지 않고 바로 카드를 사용할 수 있도록 구성했다.

♠22장의 타로 카드
♠176페이지 총해설본